I

Andrew Martin se sentait à la fois l'acteur et le spectateur d'un effroyable cauchemar.

Acteur, car il s'agissait bien de David, son fils, que les médecins essayaient de réanimer de l'autre côté de ce couloir blanc cassé. Spectateur, car son sentiment d'irréalité était tel qu'il voyait la scène de l'extérieur, comme s'il regardait un épisode de *Denver Hospital* diffusé au ralenti ! Les gestes et les voix des brancardiers, des infirmières, paraissaient freinés par une substance gélatineuse.

Personne ne jetait un regard aux Martin. On les aurait dits… invisibles ! Kimberley, quinze ans, la fille aînée d'Andrew, avait trouvé un siège près d'un distributeur de friandises. Elle s'absorbait tout entière dans la lecture d'un emballage de Twinkies, construisant une barrière mentale entre elle et le reste du monde. Quant à sa mère, Geena, elle fixait le mur devant elle sans le voir, les yeux rougis, l'air hébété. Dieu seul savait quel horrible film elle projetait sur cette surface vierge.

— Qu'est-ce qu'ils foutent, bon sang ! cria Andrew en donnant un coup de poing dans le distributeur automatique. On attend depuis trois heures, merde !

Ses terminaisons nerveuses étaient à vif. Sa tête bourdonnait comme une ligne à haute tension. Il allait devenir fou. *Et en plus, il a fallu que ce drame arrive pendant qu'on est loin de chez nous !*

C'était la première fois qu'Andrew s'offrait des vacances en dix ans. Son métier (programmateur de pubs pour un grand network câblé) monopolisait 90 % de son temps, six jours sur sept, et sa femme, Geena, avait quasiment dû le menacer pour qu'il consente à s'éloigner du monde frénétique des annonceurs et des parts de marché, ne fût-ce que pendant une semaine. Elle avait préparé elle-même leur itinéraire : Phoenix, Navajoland, le Grand Canyon, puis Las Vegas en guise de bouquet final. Tout était calculé pour que la famille soit de retour dans sa maison de Los Angeles le 4 juillet 2023, à temps pour la fête nationale et la rituelle *barbecue party* qu'elle donnait à cette occasion.

À présent, tout cela semblait appartenir à un autre monde, lointain, inaccessible.

— C'est pas vrai. C'est pas possible, murmura Andrew, sonné.

Dire que la dernière fois qu'il s'était adressé à son fils, c'était pour lui crier dessus ! Cette pensée, insupportable, inadmissible, ne cessait de le tarauder.

Pour la centième fois, il rejoua la scène dans sa tête…

Ce matin-là (ils allaient traverser les territoires navajos pour la seconde journée consécutive), David s'était levé en premier. Tôt, il n'avait rien trouvé de mieux à faire que de lancer sa balle de base-ball contre le mur de la chambre.

— Va dehors, avait grogné Andrew, mal réveillé. Tu nous saoules avec ta balle.

Le motel se trouvait en bordure de route, mais son mur d'enceinte était infranchissable pour un gosse de dix ans. Pas de danger de ce côté-là. Et puis, David ne risquait pas de s'approcher de la piscine. Depuis tout bébé, il avait horreur de l'eau. Une vraie phobie. Il avait même peur de la baignoire, et n'acceptait de se laver que dans une cuvette !

Pourtant, c'était bien dans la piscine qu'on avait découvert son corps, vingt minutes plus tard. Que s'était-il passé ? On ne le saurait jamais avec certitude. David avait dû essayer de récupérer sa balle (sa balle fétiche, dédicacée par Hank Scarafile, son joueur préféré), qui flottait au milieu du bassin. Il s'était servi d'une perche de maître nageur. Avait-il glissé ? S'était-il trop penché ? Cogné la tête ? Aucun client, ni aucun membre du personnel, n'avait vu ou entendu quoi que ce soit. À cette heure matinale, personne ne traînait du côté de la piscine.

C'était Kimberley qui avait aperçu le corps de son petit frère en traversant la cour reliant les bungalows à la cafétéria. Son hurlement résonnait encore dans les tympans d'Andrew Martin.

— Monsieur Martin ?

Il sursauta. Un homme en blouse blanche, la cinquantaine bronzée, venait de poser la main sur son épaule.

— Je suis le docteur Hess, le chirurgien qui s'est occupé de votre fils.

— David ? Comment est-il ?

En entendant prononcer « David », Geena et Kimberley s'étaient levées ensemble. La femme d'Andrew faillit bousculer le chirurgien en l'agrippant violemment.

— Il est vivant, docteur ? Dites-moi qu'il est vivant !

Elle serrait de toutes ses forces les poignets du médecin. Celui-ci se dégagea avec un mélange de douceur et de fermeté qui montrait son habitude de ce genre de situation.

— Je suis désolé, annonça-t-il en arborant une tête de circonstances. Nous avons essayé le défibrillateur, le massage cardiaque, mais votre fils est resté trop longtemps dans l'eau. Nous aurions peut-être pu le réanimer s'il avait été en hypothermie, dans une eau très froide, malheureusement la piscine devait être à près de vingt-cinq degrés… Je suis vraiment désolé.

Les paroles se frayaient avec difficulté un passage dans le cerveau d'Andrew. Sa femme, en revanche, réagit au quart de tour :

— Non, c'est impossible ! cria-t-elle. Vous pouvez le ramener ! Vous pouvez essayer encore !

— Nous avons tout essayé, madame. Le décès a été déclaré à onze heures une.

— Il doit y avoir un moyen ! C'est impossible !

— Je suis désolé… Vous voulez que je vous prescrive un calmant ?

— Nous ne voulons pas de calmant ! explosa Andrew, qui venait de comprendre que sa vie avait basculé d'un seul coup. Nous voulons notre fils ! Nous voulons David !

La suite se perdit dans un mélange de sanglots et de cris de fauve blessé.

2

Le cauchemar continuait.

On avait enterré David la veille, le 2 juillet, au cimetière de Santa Monica, sur les hauteurs de L.A.

L'église était remplie de monde, et pourtant je n'ai vu personne, songea Andrew.

Il gisait, affalé sur le canapé du salon, un verre de whisky à la main. Le whisky était bon. Il emmaillotait son esprit dans un cocon ouaté : un moyen facile d'échapper à la réalité. Bien sûr, cela ne supprimait pas la douleur. Elle était toujours là, fidèle compagne, un pieu planté dans son cœur, mais l'alcool émoussait légèrement la pointe du pieu.

Geena, de son côté, avait opté pour la solution « pilules ». Des rouges, des blanches, des jaunes... Il y en avait de toutes les couleurs, de toutes les formes. Quand elle n'avalait pas ses petites pilules, elle se lançait dans le ménage avec une énergie sidérante. Elle nettoyait, astiquait, briquait la maison du sol au plafond. Toutes les pièces, sauf la chambre de David. Cette pièce-là, personne n'avait le droit d'y entrer.

En bonne adolescente de quinze ans, Kimberley passait presque tout son temps chez des copines. Elle avait dû adresser trois phrases, peut-être quatre, à ses parents depuis le décès de son frère. Son visage évoquait un masque mortuaire.

Ta femme et ta fille ont besoin de toi, culpabilisait Andrew Martin. *Ressaisis-toi. Tu dois prendre soin d'elles...* Puis *et ma douleur à moi ? Qui va en prendre soin ?* Il se sentait seul, atrocement seul. Il n'avait qu'une envie : se blottir dans un coin pour pleurer, et qu'on lui foute la paix. Le contact de David, sa peau, son rire, son odeur, lui manquaient. Il avait tout le temps l'impression d'entendre des bruits provenant de sa chambre, comme s'il était encore là-haut, en train de jouer avec ses figurines de super-héros. Et puis, il y avait cette image qui lui tombait dessus à n'importe quel moment de la journée : David, flottant entre deux eaux, les yeux ouverts... Qu'avait-il ressenti ? Avait-il souffert ? Ces questions n'auraient jamais de réponse, il le savait, mais ça ne l'empêchait pas de les ressasser encore et encore. C'était comme de verser du sel sur des plaies ouvertes.

Le téléphone sonna. Andrew décrocha mécaniquement.

— Bonjour monsieur Martin.

Andrew avait déjà entendu cette voix. Mais où ?

— Je suis le docteur Hess, le chirurgien qui...

— Oh, bonjour doc'. Comment ça va ?

Ce dialogue avait quelque chose de surréaliste.

Peut-être qu'après une demi-bouteille de whisky n'importe quel dialogue devient surréaliste, ironisa amèrement Andrew.

— Ce serait plutôt à moi de vous retourner la question, dit prudemment le médecin.

— Chez nous ? Oh, ça va... Personne n'est mort depuis la semaine dernière.

Il eut un rire sans joie, un gloussement d'ivrogne. Il était lui-même surpris par son cynisme de pacotille. Pourquoi avait-il dit ça ?

— Hum... Monsieur Martin, je m'inquiète pour vous et votre famille.

— C'est très gentil, mais nous allons bien, je vous assure. Ma femme fait le ménage. Ma fille est chez...

Chez qui est-elle d'ailleurs ? Cindy ? Jessica ?

— ... ma fille est chez des copines.

— Monsieur Martin… J'aimerais vous recommander un ami psychothérapeute, le docteur Chemerka. Il est très bien, et son bureau se trouve à quelques blocs de votre résidence. Il a déjà aidé de nombreuses familles qui traversaient des épreuves similaires ; il…

— Vous êtes gentil, docteur, vraiment. Mais à part ressusciter David d'un coup de baguette magique, je ne vois pas très bien ce que votre collègue pourrait faire pour nous…

— Essayez. Juste une séance. Cela ne coûte pas grand-chose, et je suis sûr qu'il trouvera une solution adaptée à votre cas.

Silence.

— Ne baissez pas les bras. Je vous jure que ça en vaut la peine.

— Merci de votre sollicitude, mais ça va…

— Si vous ne le faites pas pour vous, faites-le pour votre femme et pour votre fille.

Nouveau silence.

Soupir, puis :

— Très bien, doc', vous avez gagné. Donnez-moi les coordonnées de ce…

— Chemerka. Docteur William Chemerka. Je vous promets que vous ne le regretterez pas !

3

Le bureau du psychothérapeute se situait à l'embouchure de Rodéo Drive, le quartier le plus huppé de la ville. C'était rassurant. De même que la plaque qui, ornant la porte du professeur Chemerka, proclamait en caractères italiques :

Diplômé de l'université de Princeton
Docteur en psychologie et troubles comportementaux
Professeur de psychopathologie à UCLA

— Ce type a l'air sérieux, hein ? dit Andrew.

Geena hocha la tête distraitement. C'était la première fois qu'elle mettait le nez dehors depuis l'enterrement. Ses cheveux en désordre et ses yeux mornes, cerclés de noir, ne laissaient augurer rien de bon. L'espace d'une seconde, Andrew repensa à ces poupées que sa fille malmenait en essayant de les maquiller, de les coiffer, quand elle avait quatre ou cinq ans. Le résultat était généralement à la fois drôle et pathétique. Aujourd'hui, sa femme ressemblait à l'un de ces pauvres jouets. Elle évoquait une poupée triste. Non, une poupée cassée.

Une secrétaire toute en jambes s'effaça pour laisser entrer les Martin.

L'endroit était décoré dans des tons ocre et chauds. On

apercevait une holotoile de Pavel Loutchowsky accrochée dans la salle d'attente. L'abstraction picturale changeait de forme selon l'emplacement d'où vous la regardiez, et de couleur selon votre état d'esprit. Andrew la voyait noire. Très noire.

Sûrement une copie, grogna-t-il en son for intérieur. *Un psy, même très réputé, ne gagne pas de quoi s'offrir un Loutchowsky quand même...*

— Le professeur vous attend, annonça la secrétaire.

Ils pénétrèrent dans un bureau cossu. Fauteuils de cuir sombre. Moquette généreuse. Des diplômes encadrés se partageaient les murs, quand ces derniers n'étaient pas masqués par des étagères garnies de dictionnaires de psychanalyse et autres encyclopédies.

Un homme de soixante ans, peut-être un peu moins, s'avança vers le couple, la main tendue.

— Madame Martin, monsieur Martin, préluda-t-il. Je suis heureux de vous voir.

William Chemerka souriait. Andrew en fut presque désarçonné. C'était la première fois qu'on leur souriait depuis la mort de David. À l'enterrement, personne n'avait osé les regarder en face. On s'était détourné, on avait murmuré des paroles larmoyantes derrière leur dos. Chemerka, lui, les fixait sans s'esquiver. Et son sourire était franc, ouvert. Il avait le crâne dégarni. Son allure générale évoquait un gentleman de la vieille école : nœud papillon, gilet en tweed et lunettes cerclées de métal sur le bout du nez. C'était le portrait craché de l'universitaire respectable. Andrew l'imaginait discutant avec ses élèves, à la pause déjeuner, ou bien en train de gronder ceux qui parlaient un peu trop fort durant les cours.

— Asseyez-vous, je vous en prie.

Ils s'assirent de part et d'autre d'un meuble élégant, encombré de dossiers et de datadisc.

— Il n'y a pas de divan chez vous ? questionna Geena avec une voix de petite fille étonnée.

— Un divan ? (Il émit un rire bref.) Les clichés ont la vie dure… Des fauteuils confortables font aussi bien l'affaire, madame.

Andrew avisa les fauteuils en question, avec leur dossier inclinable. Ils étaient disposés devant un grand miroir qui couvrait presque tout le mur du fond.

De l'autre côté du miroir, tapis dans l'ombre, deux hommes observaient la scène. L'un était barbu, les cheveux longs, d'un blond cendré. L'autre paraissait assez jeune pour être son fils, et lui ressemblait d'ailleurs.

— Tu crois qu'ils vont mordre à l'hameçon ? s'enquit le plus vieux des deux.

— Je crois, oui, répondit le jeune homme. Ils ont l'air à point.

— Ils sont riches ?

— Disons qu'ils sont à l'aise. Et le mari travaille beaucoup à domicile. La femme ne travaille pas.

— C'est bon, ça. Leurs origines ?

— Anglo-saxonnes. On a remonté jusqu'au début du XIXe.

— OK.

L'homme aux cheveux longs esquissa un sourire de squale et enclencha son minigraveur pour enregistrer la conversation qui se déroulait de l'autre côté du miroir sans tain.

Dr Chemerka : Tout d'abord, veuillez accepter mes condoléances. Le deuil qui vous frappe est le plus cruel qui soit.

Andrew Martin : C'est le docteur Hess qui m'a conseillé de vous contacter. Il a insisté.

Dr Chemerka : Bob Hess est un vieil ami. Il m'a appelé pour m'expliquer votre problème. C'est un excellent chirurgien. Vous pouvez être certains qu'il a fait le maximum pour votre fils.

Andrew Martin : Il a dit… que vous auriez peut-être une solution pour nous… Oui, c'est ça, il a dit « solution ».

Dr Chemerka : Monsieur Martin, avez-vous entendu parler du clonage ?

Andrew Martin : Oui, comme tout le monde…

Dr Chemerka : Et vous, madame ?

Geena Martin : C'est cette opération qui permet de ressusciter les chiens et les chats ?

Dr Chemerka : Oui madame. Le clonage reproductif est autorisé pour les animaux de compagnie et pour les espèces en voie de disparition. Pas encore pour les humains, mais on en prend le chemin. La semaine dernière, le Sénat a voté une loi en faveur du clonage thérapeutique. Vous n'êtes pas au courant ?

Andrew Martin : Nous avons assez peu suivi les infos, ces derniers temps.

Dr Chemerka : Oui, bien sûr, excusez-moi…

Geena Martin : C'est quoi, le clonage thérapeutique ?

Dr Chemerka : Imaginez que demain vous ayez un accident de la route. Vous perdez un poumon. Si vous avez été cloné avant l'accident, il suffira aux médecins de prélever une cellule souche sur votre embryon jumeau, de faire croître l'organe désiré, en l'occurrence le poumon, et hop, on vous le greffe en un tour de main. Pas de liste d'attente et pas de risque de rejet, puisque le donneur et le receveur sont une seule et même personne !

Andrew Martin : C'est très intéressant, professeur, mais je ne vois pas en quoi tout cela peut nous aider. David n'a pas perdu un poumon, ni un foie, ni autre chose : il est m… enfin, il est parti.

Dr Chemerka : Oui, mais il peut revenir.

(Silence)

Dr Chemerka : Quelle est votre position, sur le clonage ?

Andrew Martin : Je… Je n'en ai pas.

Dr Chemerka : Vous êtes croyants ? Pratiquants ?

Geena Martin : Non. Mes parents étaient méthodistes, mais… Non, nous ne sommes pas croyants.

Dr Chemerka : Ce dont je vais vous parler va sans doute

vous paraître un peu fou, mais c'est la seule solution pour revoir votre fils vivant.

Andrew Martin : Attendez, attendez… Vous voulez cloner David ?

Geena Martin : Comme les chiens et les chats ?

Dr Chemerka : Le principe est similaire, en effet. Même si l'opération est infiniment plus délicate à pratiquer sur un être humain que sur un petit animal.

Andrew Martin : Mais… Que… Comment…

Dr Chemerka : On a prélevé du sang de votre enfant lors de son admission aux urgences. C'est la procédure standard. Voyant à quel point vous étiez bouleversés, le docteur Hess a pris sur lui de conserver cet échantillon sanguin. Il a été très touché par votre détresse. Nous sommes de plus en plus nombreux, dans le corps médical, à trouver que la loi a pris du retard sur la science. Pourquoi ne pas aider les gens quand on en a la possibilité ? Parce que les mentalités ne sont pas prêtes ? C'est ridicule. Les mentalités évoluent. Ce n'est qu'une question de temps. Combien de petits David devrons-nous encore perdre avant d'accepter les progrès de la médecine ?

— Sacré Chemerka, il est bon ! dit le plus jeune, derrière la vitre.

— Très bon, confirma l'autre. À chaque fois, son petit speech sur la science et les mentalités me donne la chair de poule.

Imperturbable, le minigraveur continuait d'enregistrer la conversation.

Andrew Martin : Mais… C'est illégal, ce que vous nous proposez ?

Dr Chemerka : Pour l'instant, oui. Cependant, je crois pouvoir dire que, d'ici à deux ans, le clonage reproductif humain sera autorisé. De nombreux laboratoires travaillent dessus, ce n'est un secret pour personne. Et les grands trusts font déjà des études de marché pour savoir comment ils vont commercialiser cette nouvelle offre. Tout cela n'est ni bien ni mal : c'est inévitable, comme la découverte du feu ou l'invention de la roue…

(Silence)

Andrew Martin : Arrêtez-moi si je me trompe : si on fait cloner notre fils, on va le récupérer bébé, non ?

Dr Chemerka : Vous pouvez le récupérer au stade du nouveau-né ou à l'âge de sa disparition, voire adulte… À n'importe quel âge, en fait. Cependant, et là c'est le praticien qui parle, je vous recommande de choisir la solution « raccord ».

Geena Martin : C'est-à-dire ?

Dr Chemerka : Votre fils avait dix ans au moment de l'accident, non ?

Geena et Andrew Martin : Oui.

Dr Chemerka : Alors récupérez-le à dix ans. Ce sera mieux pour son équilibre. Et surtout pour le vôtre.

Andrew Martin : On va devoir attendre dix ans pour revoir notre fils ?

Dr Chemerka : Non. La technologie que nous employons est très, très performante. Nous pouvons créer un clone adulte en moins de six mois.

Andrew Martin : Six mois ? C'est impossible !

Dr Chemerka : Nous avons la chance de compter dans nos rangs un savant d'exception, qui a inventé des techniques tout à fait extraordinaires pour servir notre cause.

— Merci du compliment, sourit le plus âgé des deux individus cachés derrière la vitre.

Dr Chemerka : Bien que nos clones soient biologiquement opérationnels en six mois, je préconise une période de latence d'environ neuf mois. C'est mon modeste apport à ce programme. Vous devrez vous préparer psychologiquement au retour de David comme à une nouvelle naissance, un nouveau départ.

Andrew Martin : Est-ce que ce clone, s'il voyait le jour, serait véritablement notre fils ? Je m'explique : il n'aurait pas les souvenirs de David… Il ne se souviendrait même pas de nous ?

Dr Chemerka : Laissez-moi vous poser une question, monsieur Martin. Votre fils a un accident de roller. Il se cogne la tête et devient amnésique. Il ne se rappelle plus de vous, plus de rien… Vous allez le mettre à la porte, comme un inconnu, ou bien vous allez le soigner et le chérir ?

Geena Martin : Nous allons le soigner, bien sûr ! Nous ne sommes pas des monstres, docteur !

Dr Chemerka : C'est la voix du bon sens, madame ! Considérez le clone comme un jumeau exact, un parfait double de votre fils. Les souvenirs en moins, c'est tout.

(Silence)

Andrew Martin : Combien ? Combien cela nous coûtera-t-il de ramener David ?

(Silence plus long)

Dr Chemerka : L'opération coûte deux cent mille dollars.

Geena Martin : Nous les trouverons.

Dr Chemerka : Il faudra vous couper de votre famille, de vos amis. Tant que ces pratiques sont illégales, nous ne pouvons laisser circuler des clones en liberté.

Andrew Martin : Où irons-nous, si nous acceptons ?

Dr Chemerka : Dans un endroit tenu secret où il y a des gens comme vous. C'est un changement de vie radical, j'en suis conscient, mais en l'état actuel des choses c'est la seule solution. Bien sûr, dès que la loi sur le clonage humain sera assouplie, toutes les familles de notre petite communauté pourront partir où bon leur semblera…

Andrew Martin : Quand ?

Dr Chemerka : Deux ans, trois au maximum… La pression du public est de plus en plus forte. Le clonage intéresse beaucoup de monde, vous savez ? Pas seulement les parents en deuil. Il y a aussi les couples stériles, les couples homosexuels, ou tout simplement des personnes qui veulent laisser… une trace.

(Silence)

Dr Chemerka : Vous avez une fille de quinze ans, si je ne me trompe ? C'est un âge délicat. Vous pensez qu'elle accepterait de vous suivre ?

Geena Martin : Kimberley se disputait sans arrêt avec son frère, mais je sais qu'au fond d'elle-même elle l'aimait. Si s'éloigner de ses amis pendant trois ans est le prix à payer pour retrouver David, je suis persuadée qu'elle acceptera ce sacrifice.

Dr Chemerka : Dans ce cas, la décision est entre vos mains. Bien sûr, n'hésitez pas à me poser des questions complémentaires si vous n'êtes pas sûrs de vous.

(Très long silence)

Andrew Martin : On peut avoir un délai, pour réfléchir ?

DEUXIÈME PARTIE

Un nouvel espoir

Lorsque nous mourons, à partir d'une
cellule prise sur le petit morceau de
notre corps qui a été prélevé plus tôt,
nous recréons complètement le corps
tel qu'il était à ce moment-là, c'est-à-dire
avec toutes ses connaissances
scientifiques et sa personnalité d'alors.

Raël, *Le Vrai Visage de Dieu,* chapitre 7

I

NEUF MOIS PLUS TARD

Ils roulaient au milieu d'un immense désert. Un voile de chaleur s'élevait au-dessus de la route, faisant onduler le paysage. Il n'y avait aucun arbre, aucun cactus. Juste du sable et des pierres érodées. La grande ville la plus proche, Albuquerque, se trouvait à des centaines de kilomètres plus au nord.

Sacs. Valises. Cantines. Cartons. Le minivan des Martin semblait prêt à imploser, bien que quatre-vingt-dix-neuf pour cent de leurs affaires eussent déjà été déménagées. Plus question de revenir en arrière maintenant. Ils avaient longuement réfléchi, pesé le pour et le contre, et fait leur choix.

La décision n'avait pas été facile à prendre, car de nombreux doutes, de nombreuses interrogations les taraudaient.

Quitter une maison où ils avaient investi énormément d'énergie (et d'argent !) ?

Il y avait trop de souvenirs liés à David dans cet endroit. Et puis, ils avaient besoin de la vente pour payer les deux cent mille dollars.

Le travail ?

Andrew pouvait se servir du web. De toute façon, en

temps normal, il passait déjà la moitié de ses journées en holoconférences avec ses clients. Les neufs mois de latence lui avaient permis de négocier la transition en douceur.

Les amis ? La famille ?

Les vrais amis, on les compte sur les doigts d'une main, pas vrai ? Les parents de Geena étaient morts, et Andrew avait coupé les ponts avec les siens depuis de nombreuses années. Il y avait bien sa sœur, mais elle habitait à Providence (autant dire à l'autre bout du pays) et ils ne se voyaient pas si souvent que cela.

Toutes ces réserves avaient été balayées dès qu'Andrew et Geena s'étaient imaginés dans cette communauté accueillante, avec leur famille enfin au grand complet. Ils visualisaient alors un David bel et bien vivant, qui riait.

Rien d'autre ne comptait…

Le paysage défilait.

Les deux parents et l'adolescente ne se parlaient pas, comme murés dans leurs pensées. Ils ne connaissaient pas leur destination. On leur avait fourni le datadisc de guidage la veille. Andrew suivait aveuglément les instructions qui apparaissaient sur l'ordinateur de bord. La climatisation fonctionnait à plein régime. Idem pour la chaîne laser, branchée sur une radio qui diffusait de la musique country non stop. À l'arrière, Kimberley surfait sur le web grâce au comput incrusté dans le siège conducteur. Ses parents l'avaient inscrite à un programme de cours *on line*. C'était la meilleure solution pour ne pas trop perturber sa scolarité.

Andrew jeta un coup d'œil à sa fille dans le rétroviseur central. Sa frange dorée lui retombait sur le front (il soupçonnait là un stratagème pour camoufler un ou deux boutons d'acné, mais Kimberley ne l'aurait jamais avoué, même sous la torture). Les yeux couleur noisette de l'adolescente paraissaient concentrés. Elle devenait chaque jour un peu plus jolie, en particulier depuis que les rondeurs de son visage d'enfant s'estompaient.

Ma petite fille va bientôt avoir seize ans, songea Andrew, le cœur serré.

Kimberley n'avait plus grand-chose à voir avec la gamine d'antan, celle qu'il faisait sauter sur ses genoux tous les matins avant l'école, celle avec qui il regardait des dessins animés en boucle jusqu'à la nausée. Sa fille était en train de lui glisser entre les doigts. Le phénomène avait commencé depuis longtemps, mais ces derniers mois — depuis la mort de David, en fait — il s'était considérablement accéléré.

Kimberley devenait dure. Elle refusait de partager sa douleur avec les autres et s'isolait dans une tour inaccessible. Elle avait traité ses parents de cinglés quand ils lui avaient exposé leur projet de clonage. « Quoi ? Vous voulez remplacer David ? » s'était-elle offusquée. « Non, bien sûr que non. Nous voulons juste le retrouver. — Mais ce ne sera pas David. Ce sera quelqu'un d'autre ! — Si, ce sera lui, comme un David amnésique. » C'était un dialogue de sourds. Quelques jours après cette dispute, Kimberley avait cédé. « Faites comme vous le sentez. Mais ne comptez pas sur moi pour appeler cet étranger "petit frère". »

Elle changera d'avis quand elle aura David en face d'elle, essayait de se rassurer Andrew. *Là, elle comprendra vraiment notre démarche et elle nous remerciera.*

Geena, quant à elle, avait trouvé refuge dans la vie associative, le bénévolat. Ses activités forcenées effaçaient temporairement la douleur. En revanche, dès que ce rythme se ralentissait, elle s'effondrait. Les choses avaient été particulièrement pénibles à l'approche de l'anniversaire de David, début janvier. Un matin, encore mal réveillée, elle avait dit à Andrew d'une voix monocorde : « Tu crois qu'on devrait lui acheter un chien ? David a toujours rêvé d'avoir un petit chien… » Puis elle avait pleuré sans pouvoir s'arrêter pendant deux heures.

Andrew était parvenu à réfréner sa consommation d'alcool. Il tenait le coup. La perspective de retrouver son fils bientôt, très bientôt, l'aidait à ne pas sombrer. Il y avait encore cette foutue image (David, les yeux ouverts, dans la piscine), mais ces flashs se faisaient de plus en plus rares.

Je vais à nouveau pouvoir le serrer contre moi. Je lui dirai que je ne voulais pas le disputer. Je lui dirai qu'il peut lancer sa balle contre les murs autant qu'il veut !

Les neufs derniers mois étaient un mauvais rêve.

Le réveil tant attendu approchait.

— Je vois quelque chose, là-bas, dit Andrew en fronçant les sourcils.

Un monticule verdoyant, perdu dans le no man's land, émergeait des mirages de chaleur.

— Merde alors, souffla Kim.

Il y avait de quoi jurer. Plus les contours du monticule se précisaient, plus cela paraissait incroyable.

— On dirait ce truc, en France, continua l'adolescente, le Mont-Saint-Michel.

Sauf que c'est de l'eau qui entoure le Mont-Saint-Michel, ajouta Andrew pour lui-même. *Pas le désert. Et le Mont-Saint-Michel n'est pas surmonté par une espèce de balle de golf géante !*

— Qu'est-ce que ça peut bien être ? lâcha-t-il sans s'en rendre compte.

— On dirait le cinéma Imax de L.A., remarqua Kim. Un dôme géobidule…

— Un dôme géodésique, acheva sa mère.

Des bâtiments beaucoup plus petits (des maisons très classiques pour la plupart) s'étageaient sur toute la surface de la butte, sillonnée de chemins montant en colimaçon, ainsi que sur le périmètre alentour. L'ensemble était ceint par un mur.

— On dirait qu'il y a un poste de garde à l'entrée.

Une guérite. Une barrière automatique. Deux hommes en combinaison rouge… Pas très accueillant tout ça.

L'un des deux hommes fit signe à Andrew de s'arrêter. Le père de famille déglutit. Ces types, avec leurs lunettes noires, leur mâchoire carrée, lui donnaient froid dans le dos. L'un d'eux braquait sur le véhicule un appareil évoquant un compteur Geiger.

Le plus âgé du duo (un moustachu dont les coups de soleil étaient assortis à sa combinaison rouge) fit trois pas en avant.

— Bonjour, jeta-t-il. Je peux voir votre disque de guidage ?

— Bien sûr…

Andrew éjecta le datadisc du tableau de bord et le remit au moustachu, qui l'inséra dans un lecteur.

— C'est en ordre, lâcha-t-il avec un sourire crispé. Vous êtes les Martin, c'est ça ?

— Oui.

— Vous pouvez ouvrir votre coffre ?

— Pas de problème.

Le garde au compteur Geiger passa minutieusement en revue les bagages de la famille, puis il termina cette inspection par un mouvement de tête approbateur.

— Vous êtes attendus, annonça son collègue. Une fois dans l'enceinte, vous prenez la première à gauche, vous remontez l'avenue principale, vous dépassez une petite place et là vous tournez tout de suite à droite. On vous a attribué une maison sur le flanc ouest. Au 12, Armitage Street. Quelqu'un vous prendra en charge là-bas. Ne vous inquiétez pas, c'est très facile à trouver.

— Heu, parfait, très bien.

— Bienvenue à la Nouvelle-Arkham.

— La Nouvelle-Arkham ?

— C'est le nom de notre petite communauté.

Il réessaya de sourire, sans beaucoup plus de succès que la première fois. Andrew remonta sa vitre, mal à l'aise, alors que l'autre garde lui faisait signe d'avancer. Ce dernier ressemblait presque trait pour trait à son aîné, la moustache en moins. À vrai dire, il paraissait facilement dix ans plus jeune.

Des frères ou des clones ? se demanda Andrew.

2

Ils passèrent sous un porche et débouchèrent dans un décor typique de la Nouvelle-Angleterre : des maisons de brique rouge et de bois, qui semblaient dater de l'époque coloniale, mais aussi d'autres, plus modestes, avec leurs planches à clin blanchies au lait de chaux. Des vérandas à moustiquaire s'ouvraient sur des jardins clôturés, en apparence bien entretenus. Des boîtes aux lettres en fer blanc complétaient ce tableau à la Hopper.

— On se croirait chez tante Lucy, dans le Maine, commenta Kim. Qu'est-ce que c'est que ce délire ?

— J'avoue que trouver une ville pareille en plein désert est assez… surprenant, concéda son père.

Les gens qu'ils croisaient leur souriaient, et certains allaient même jusqu'à agiter la main en signe de bonjour. Il y avait aussi quelques spécimens en combinaison rouge, qui patrouillaient deux par deux quand ils n'étaient pas occupés à tailler des haies ou à nettoyer les chaussées. D'ailleurs, il se dégageait de cet endroit un sentiment d'ordre, de propreté et de netteté.

Comme annoncé, les Martin traversèrent une place au beau milieu de laquelle on trouvait un square et son charmant kiosque à musique.

— Tourne à droite, dit Geena. Armitage Street, c'est là.

Le minivan s'engagea dans une rue en pente.

— Je vois le 12 ! glapit Kim, plus émoustillée qu'elle ne voulait bien le montrer.

La maison avait l'air grande. Elle comportait un étage, sans compter les combles. Les fondations étant bâties sur un sol à forte déclivité, la cave s'ouvrait au niveau du trottoir. Il fallait monter un petit escalier pour accéder à la partie habitable. Le perron formait une avancée abritée, munie de rambardes, et il y avait même un banc pour s'asseoir et prendre le frais à l'ombre. Le style architectural cadrait bien avec le reste du village : les planches des murs se juxtaposaient les unes aux autres à la manière d'ardoises. Quant au toit, il se composait de bardeaux gris foncé.

Il avait été convenu qu'Andrew verserait vingt pour cent de son salaire en guise de loyer. Vu les dimensions de la maison, cela paraissait très raisonnable.

Assise sur l'escalier du perron, une jeune femme d'environ vingt-cinq ans attendait la famille Martin. Blonde, les cheveux ramenés en arrière… « Fraîche » était sans doute l'adjectif qui la qualifiait le mieux. Et, bien sûr, elle souriait. Elle se leva puis, quand les Martin furent sortis de leur véhicule, elle se présenta à eux :

— Catherine Kilgore. Bienvenue à la Nouvelle-Arkham. Vous avez fait bonne route ?

— Heu, oui, ça a été.

— Tenez, voici les clés du paradis.

Elle tendit à Andrew un vieux trousseau cliquetant et lança :

— Venez, je vais vous faire visiter.

Après avoir franchi le sas de l'entrée et sa moustiquaire, ils se retrouvèrent dans un hall encombré de cartons vides.

— On vous a gardé les emballages, dit Catherine. C'est vrai, ça peut toujours servir.

— Où est ma chambre ? marmotta Kim.

— Attends un peu, la sermonna sa mère.

— Les chambres sont au premier, répondit Catherine en

posant une main sur l'épaule de l'adolescente. Il y en a trois. Tu vas voir, c'est tip top : je suis sûre que tu vas adorer. Mais d'abord, on fait le tour du rez-de-chaussée, tu es d'accord ?

Kim hocha la tête. Elle n'aimait pas la manière dont la jeune femme lui parlait, avec son sourire extra-large et ses yeux quasiment écarquillés. On aurait dit qu'elle s'adressait à une gamine de huit ans.

Ils visitèrent le salon, puis la salle à manger.

— La maison est orientée plein ouest, fit remarquer Catherine Kilgore. À partir de quinze heures, vous avez le soleil et vous en profitez jusqu'à la fin de la journée.

Andrew regardait autour de lui, l'air circonspect.

C'est bizarre de voir nos meubles, nos affaires, dans un lieu totalement inconnu, remâchait-il.

Pour sa part, il aurait vendu sans remords ni regrets le mobilier en même temps que l'ancienne maison, mais le docteur Chermerka (qu'ils avaient revu au moins une fois par mois jusqu'à leur départ) s'y était opposé :

— David doit évoluer dans un environnement familier pour retrouver ses marques, avait-il expliqué. C'est très important. Sa chambre, en particulier, doit rester conforme au modèle original.

La cuisine était moderne, fonctionnelle. Catherine ouvrit le frigo plein à ras bord.

— On vous a fait quelques courses. On a même acheté les céréales préférées de David. ChocoSplash, c'est ça ?

— Oui, tout à fait. Merci beaucoup.

Ils passèrent au premier étage, dont la surface était principalement occupée par les trois grandes chambres et une salle de bains à la plomberie sifflante.

— On va venir vous réparer ça très vite, s'empressa de dire Catherine.

Quand elle poussa la porte de la future chambre de David, les Martin en eurent le souffle coupé.

— On a essayé de la reproduire exactement d'après les photos que vous nous avez transmises, raconta la jeune femme en se passant la main dans les cheveux. Je crois que c'est assez proche, à part la fenêtre qui n'est pas tout à fait au même endroit.

En effet, tout était en place : le lit, le papier peint bleu ciel avec des petits oiseaux, le comput, la lampe-veilleuse Darth Vader, la caisse de jouets…

— C'est parfait, dit Andrew, une enclume dans la gorge.

La visite terminée, et après leur avoir fait signer quelques papiers, Catherine prit congé :

— J'ai été ravie de faire votre connaissance. Tenez, je vous laisse mon numéro de persoc, si vous avez un souci. Le docteur Tinkle va passer vous voir dans la soirée pour mettre au point les modalités de la cérémonie de demain. Reposez-vous bien, et encore bienvenue chez nous.

Une fois seuls dans leur grande maison, les Martin connurent un moment d'abattement. Ils allaient devoir décharger le minivan et prendre possession de leur nouveau territoire ; cependant, ils ne savaient pas par quel bout commencer.

La sonnette de l'entrée carillonna. Il ne s'agissait pas du docteur Tinkle, mais des Huberman, un couple de retraités qui habitaient de l'autre côté de la rue.

— Bienvenue à la Nouvelle-Arkham, firent-ils en chœur.

Mme Huberman, une mamie encore pimpante, avait apporté des galettes chaudes.

— Je vous donnerai ma recette, si vous voulez. Et qui je vois, là ? Oh, c'est votre petite fille ? Elle a quel âge ? Non, laissez-moi plutôt deviner…

M. Huberman (un grand échalas portant salopette et chemise à carreaux rouges et noirs) restait en retrait. Il ne disait pas grand-chose, mais la grand-mère semblait assez bavarde pour deux ! Geena la remercia et Andrew, décodant clairement le regard en biais que lui jetait sa femme, prétexta qu'ils avaient mille choses à faire, coupant ainsi court à la conversation.

— Venez prendre le thé un après-midi, proposa la vielle dame, qui redescendait les marches du perron avec entrain.

Nous ferons plus ample connaissance. Nous sommes tellement contents d'avoir de nouveaux voisins.

— Oui, c'est ça. À très bientôt et encore merci.

La porte close, Andrew grinça :

— Quelle pipelette…

En lui-même, il se demanda :

Qui est le clone du couple ? Elle ou son mari ?

3

Andrew vida le coffre du véhicule, aidé par Geena et Kim, puis il s'accorda une bière et se plongea dans la paperasse laissée par Catherine Kilgore. Certaines clauses du règlement intérieur étaient très strictes. Tout d'abord, il y avait celle du « secret absolu » : sortir du village était formellement interdit sous peine de sanctions immédiates. Lesquelles ? Andrew avait ouvert un compte dans une banque des îles Caïman et signé une procuration pour que l'on ponctionne leur loyer directement à cette source. Une entorse au contrat entraînerait la ruine de la famille, l'endettement à vie. On n'avait pas le droit de révéler l'existence de la Nouvelle-Arkham à quiconque de l'extérieur. Leur correspondance, manuscrite aussi bien qu'électronique, serait lue et leurs conversations téléphoniques écoutées. Question de sécurité. En résumé, le slogan local aurait pu être : « Pour cloner heureux, clonons caché » ! Sur sa lancée, Andrew étudia une brochure qui présentait les lieux, plan à l'appui. Il fut étonné d'y trouver une supérette, une salle de sport, un cinéma et de nombreuses boutiques. Celles-ci proposaient des articles parfois déconcertants : purificateurs d'air par ionisation, matelas « amagnétiques », cristaux multi-usages…

On sonna à la porte. Cette fois, c'était le docteur Tinkle.

Quarante ans, les cheveux gris, coiffés en brosse. Un homme très énergique, comme en témoignait sa vigoureuse poignée de main.

— Lon Tinkle, ravi de vous rencontrer. Je suis sûr que vous allez vous plaire chez nous.

— Ravi, moi aussi. Je vous sers une bière ? proposa Andrew.

— Non merci, je ne bois pas d'alcool.

Ils s'installèrent dans le salon, et Geena apporta des jus de fruits. Andrew en profita pour s'ouvrir une nouvelle bière. On appela Kim, déjà fourrée dans sa chambre. Une fois la famille rassemblée, Tinkle énonça :

— Je suis le médecin traitant de la Nouvelle-Arkham. Si vous avez un souci de santé, ou même certaines angoisses, n'hésitez pas à m'en parler. Je vous dis ça parce que, souvent, les premiers temps sont un peu difficiles avec les « ressuscités ». On idéalise le retour de l'être aimé, mais ce n'est pas toujours rose.

— Comment ça ?

— L'entourage familial supporte mal que le clone ne se souvienne pas d'eux. Enfin, rassurez-vous, avec du temps, tout rentre dans l'ordre. Et puis il faut aussi que les facultés psychomotrices se réactivent. Cela ne se fait pas en deux jours…

Il marqua une pause pour boire une gorgée de son jus de raisin, et reprit :

— Des implants synaptiques dernier cri sont censés réapprendre le minimum de base à nos chers disparus : la marche, le langage. Des cours en super-accéléré, si vous préférez, avec les nanomachines dans le rôle des professeurs. Au niveau de l'écriture et de la lecture, en revanche, nous en sommes restés aux bonnes vieilles méthodes traditionnelles : un pavillon spécial de notre clinique accueille les « ressuscités » pour des cours, tous les après-midi.

Geena intervint :

— Combien de temps dure cette phase d'apprentissage ?

— C'est variable. Pour les enfants, cela va très vite. Leurs capacités d'adaptation sont incroyables. Je pense que David réussira parfaitement à parler et à coordonner ses mouvements en deux semaines. En ce qui concerne l'écrit, c'est un peu plus long, mais pas du tout insurmontable, je vous rassure. Seule condition *sine qua non* : un environnement stable et aimant. Pas de chocs émotionnels.

— On lui raconte qu'il a pris un coup sur la tête et qu'il est amnésique, c'est ça ?

— Au début, restez flou. Par la suite, quand on s'adresse aux enfants, je crois qu'il faut présenter la chose sous l'angle du conte : ils ont eu un accident, leur âme est partie au pays des morts, mais le professeur Garland a été les chercher et les a ramenés parmi les vivants. C'est une variante du mythe d'Orphée, en quelque sorte.

Andrew jouait avec la capsule de bière entre ses doigts. Il s'arrêta pour demander :

— Garland ? Ce nom me dit quelque chose…

— C'est l'inventeur des matrices de clonage accéléré, notre technologie maison. Les journalistes ont beaucoup parlé de lui, il y a quelques années, lorsque son labo a été mis à sac par des militants anticlonage. C'est pour éviter ce genre de mésaventures que nous prônons le secret absolu. Le professeur est un grand homme. Il a perdu sa femme et sa fille en 2013, dans un accident. Sans les fous furieux de la Ligue pour la procréation naturelle, il serait certainement parvenu à les ressusciter…

Le docteur Tinkle émit un soupir amer, puis reprit :

— Il a été le premier à braver ouvertement la loi du silence. La communauté scientifique ne le lui a jamais pardonné. On l'a ostracisé, traîné dans la boue. Alors il a décidé de se consacrer aux autres, à ceux qui avaient été, comme lui, frappés par le destin. Mais cette fois, il le fait en secret. C'est ainsi qu'est née la Nouvelle-Arkham. Comme quoi, de grandes choses peuvent naître d'un grand malheur.

Kim, restée jusque-là silencieuse, passa à l'offensive :

— Et aux adultes « ressuscités », vous leur racontez quoi ? Un conte de fées, comme aux enfants ?

Tinkle ne se laissa pas démonter par le ton provocateur de l'adolescente :

— On leur dit qu'ils ont été victimes d'une mort clinique prolongée, un super-coma en quelque sorte, et que le professeur Garland les a sauvés.

— Pourquoi ne pas leur dire la vérité, tout simplement ?

— Nos chers disparus ont l'esprit fragile à leur réveil, mademoiselle. Il serait très mauvais de leur embrouiller les idées avec le clonage et tout ce qui s'ensuit. C'est vrai, après tout : comment voulez-vous vous forger une identité si l'on vous dit que vous n'avez pas de passé ? Nous essayons de présenter les choses de la manière la plus simple et la moins traumatisante possible… pour tout le monde.

Kimberley esquissait une moue du style « je ne suis pas convaincue ». Préférant changer de sujet avant qu'elle ne monte sur ses grands chevaux, Andrew lança :

— Comment va se passer la cérémonie de demain, je veux dire concrètement ?

— Vous avez rendez-vous au dôme de la Renaissance à dix heures. C'est ce bâtiment, au sommet de la butte. (Il se tourna vers Geena.) Vous, madame, vous irez là-bas vers neuf heures. C'est moi qui passerai vous prendre. Je ne peux pas vous en dire beaucoup plus pour l'instant. Toute cette mise en scène vous semblera sans doute un peu théâtrale, chargée de symboles, mais c'est très important psychologiquement. Nous fêtons le retour de David et votre intégration parmi nous. C'est le professeur Garland en personne qui sera le maître de cérémonie.

Tinkle se leva. Le salon baignait dans une lumière chaude et dorée. Loin à l'ouest, la boule incandescente du soleil embrasait l'horizon.

— Merci pour le jus de raisin, dit le docteur. Je pense que nous avons fait le tour… À demain, donc !

Peu après le départ de Tinkle, les Martin mangèrent en silence, environnés aussi bien par les cartons vides que par leurs affaires non encore déballées. Un parfum d'inconnu embaumait la pièce, comme toujours lorsque l'on investit un lieu nouveau. Tout paraissait encore possible.

Demain, je vais revoir mon fils ! se répétait Andrew. Une part de lui-même n'arrivait pas à y croire. Il était excité, effrayé, pareil à un tout petit enfant à qui l'on annonce qu'il va rencontrer le Père Noël le lendemain ! Il ne doutait pas que Geena se trouvât dans un état d'esprit similaire.

— Je monte me coucher, lança Kim, coupant le fil de ses pensées.

— Tu ne finis pas ton assiette ? s'inquiéta sa mère.

— Nan.

Elle disparut après avoir jeté sa serviette sur la table.

— Tu crois qu'elle va se décrisper un peu ? questionna Geena.

— Je suppose que tous les parents d'une adolescente de cet âge-là se demandent la même chose, répondit Andrew avec fatalité.

Ils ne tardèrent pas à rejoindre Kim à l'étage, vaincus par cette longue et fatigante journée.

Cette nuit-là, Andrew rêva de son fils.

David se perdait dans la foule d'un grand centre commercial. Andrew jouait des mains et des coudes pour se rapprocher de lui. Il écartait les badauds sans ménagement, indifférent aux rouspétances des plus grincheux. « David ! » Mais le petit garçon ne l'entendait pas. Il s'engageait sur un escalator, sans se retourner. L'escalier mécanique l'emmenait lentement vers le premier niveau. Là, une silhouette sombre, éclairée en contre-jour, l'attendait. L'inconnu portait des cheveux très longs, mais sa carrure, son allure étaient indéniablement masculines. Il émanait de lui quelque chose d'aussi indéfinissable qu'effrayant. « David ! Attends-moi ! » Andrew redoublait d'énergie, débouchait enfin au pied de l'escalator. Celui-ci se dévidait dans le mauvais sens à présent ! Andrew montait les marches quatre à quatre, et pourtant il avait l'impression de faire du sur-place. La sensation était des plus frustrantes. Il eut juste le temps de voir l'homme aux cheveux longs qui prenait la main de son fils, puis il cria…

Et se réveilla dans son lit, perdu, désorienté. Geena dormait à côté de lui. Il était bien dans sa chambre, mais quelque chose avait changé… *Le déménagement, suis-je bête !*

Il se leva. Les restes de son rêve s'accrochaient à lui, comme son pyjama froid et humide. Il haletait plus qu'il ne respirait. Machinalement, ses pieds le conduisirent à la fenêtre. Le halo orangé des lampadaires tenait les ténèbres à distance.

Andrew se figea.

De l'autre côté de la rue, chez les Huberman, un rectangle de lumière se découpait sur la façade du premier étage. Quelqu'un était immobile, dans ce rectangle jaune, et le regardait. Il crut reconnaître l'allure dégingandée du vieux M. Huberman. Sans transition, la lumière s'éteignit.

Andrew se frotta les yeux, se demandant s'il avait encore rêvé. Pourtant, il aurait juré que son voisin l'observait avec des jumelles…

4

7 h 30

Andrew Martin, immobile devant sa glace, paraissait en proie à la plus profonde perplexité. Il était douché, rasé, peigné, mais…

Comment s'habille-t-on quand on doit assister à la résurrection de son fils ? En costume cravate, ou plus décontracté ? En couleurs sombres ou claires ?

Il n'aurait jamais cru avoir à se poser des questions aussi bizarres un jour.

Geena avait opté pour une robe sans manches, toute simple, avec une petite veste indigo. Son mari décida de couper la poire en deux : il porterait une veste et un pantalon noirs sur une chemise blanche.

Les Martin prirent leur petit déjeuner dans la cuisine. Andrew but du thé, comme sa femme et sa fille. Ils avalèrent des doughnuts et quelques cookies, laissant à David (quand il arriverait) les céréales au chocolat, qu'il était le seul à apprécier.

À huit heures trente, Lon Tinkle passa prendre Geena.

— Nerveuse ? demanda-t-il avec un clin d'œil.

— Oui, j'ai un peu le trac… Beaucoup, même.

— Vous allez voir, ça va être le plus beau jour de votre vie.

Il ajouta, lançant un regard au reste de la famille :

— À tous les trois, bien sûr.

Andrew hocha poliment la tête.

— Bien sûr, répéta-t-il. On attend ça depuis tellement longtemps.

— Vous savez comment vous rendre au dôme de la Renaissance ? s'enquit Tinkle.

— J'ai un plan.

— Très bien. De toute façon, c'est fléché. Vous ne pouvez pas le manquer.

Geena embrassa son mari et sa fille, puis elle referma la porte derrière elle et le médecin. La voiture de ce dernier démarra quelques secondes plus tard.

— Pourquoi ils ont besoin de maman toute seule ? questionna Kim.

— Je ne sais pas trop, avoua Andrew.

L'adolescente le regarda droit dans les yeux.

— Vous êtes vraiment sûrs de ce que vous faites, toi et maman ?

— On en a déjà discuté, ma chérie. On veux juste ce qu'il y a de mieux pour ton frère.

— Mon frère est mort !

La gifle claqua sans préavis. Kim recula, une main sur sa joue encore cuisante.

— Ne redis jamais ça, martela Andrew en pointant l'index sur sa fille. Et surtout pas en présence de David.

L'adolescente le foudroya du regard.

— Combien de temps il va vous falloir pour accepter la réalité ? David est mort, mais moi je suis bien vivante. J'existe, merde !

— Monte dans ta chambre et habille-toi, Kimberley. Je ne veux pas être en retard pour la cérémonie.

Resté seul dans la cuisine, Andrew sentit la honte le submerger. Il n'aurait pas dû gifler la petite. Pour une fois qu'elle essayait de nouer le dialogue… *Je me suis conduit comme un imbécile… Ce qui n'empêche pas qu'elle a tort. Elle ne fait aucun effort pour comprendre notre façon de penser !*

Kim redescendit, habillée d'un ensemble en stretch bleu nuit.

— Allons-y, dit-elle, le visage fermé.

Le père et la fille roulaient en silence. Ils contournèrent la butte par le sud, puis continuèrent vers le flanc oriental en suivant les flèches. Il n'y avait pas grand monde dans les rues, à part les inévitables hommes en rouge.

Le minivan s'engagea sur une route en lacet qui menait jusqu'au dôme. Plus on s'approchait du sommet, plus la densité de la circulation augmentait. Dans les derniers cent mètres, il y avait presque un embouteillage. Les piétons étaient également de plus en plus nombreux.

— J'aurais préféré une petite cérémonie intime, maugréa Andrew, mais ce n'est pas moi qui édicte les règles du jeu.

Son angoisse allait crescendo. Une boule enflait au creux de son sternum. Son fils était peut-être déjà là, à l'intérieur de cette espèce de soucoupe volante futuriste de l'autre côté du pare-brise. Il n'osait pas y croire. Ses mains lui semblaient si moites qu'il avait du mal à les garder serrées sur le volant. Kim restait muette. Elle avait la rancune tenace, cette gamine, mais Andrew espérait que le retour de David effacerait la dispute de ce matin… et tout le reste.

L'esplanade du dôme était noire de monde. Les gens faisaient la queue pour entrer dans l'édifice. Après une rangée d'arbres et un muret en béton, Andrew trouva un grand parking bâti en terrasse.

— On vous a gardé une place, dit Catherine Kilgore, qui agitait le bras à l'entrée du parking.

— Ah ? Super. Merci.

— C'est là, tout de suite à gauche.

Il se gara sans difficulté, puis sortit du véhicule avec sa fille.

— Je suis si heureuse pour vous, dit la jeune femme, les bras ouverts comme si elle voulait les étreindre tous les deux.

— Merci, bredouilla Andrew, qui ne savait décidément pas quoi répondre.

Son sentiment de malaise ne le quittait pas, bien au

contraire. Il s'incrustait, pareil à de la boue sous des chaussures.

Catherine, les mains sur les genoux, se pencha vers Kim.

— Et toi, tu es contente, ma bichette ?

La « bichette » fit oui de la tête avec un sourire forcé… Son regard exprimait des envies d'étranglement.

Catherine entraîna le père et la fille vers le dôme et les fit entrer par une porte dérobée. À l'intérieur du bâtiment, leurs yeux mirent quelques secondes à s'habituer à la semi-obscurité. Quand ce fut chose faite, Andrew lâcha un Woooouh ! ébahi. Le visage de Kim laissait percer un étonnement similaire.

— Voilà le dôme de la Renaissance, fit leur guide avec une note d'amusement dans la voix. Joli, non ?

5

Ils se tenaient au centre d'un immense amphithéâtre. Des volées de gradins allaient se perdre au loin, dans la pénombre. L'endroit évoquait une cathédrale *new age,* notamment à cause de ses vitraux aux représentations abstraites, bariolés comme des enseignes de casino. Le plafond voûté se tapissait de milliers de petites diodes censées rappeler le firmament étoilé. Les planètes du système solaire flottaient et tournaient dans ce ciel électrique, sans que l'on sache très bien s'il s'agissait d'effets 3D ou d'objets réels.

Catherine fit asseoir Andrew et Kimberley au premier rang, tout en bas de l'arène. La scène demeurait encore dans le noir. Andrew frémit. Il avait cru percevoir des dizaines de serpents qui grouillaient sur le podium. Il ne s'agissait que d'un fouillis de câbles.

— Hé, coucou ! glapit une voix connue derrière les Martin.

Andrew pivota. Deux rangées plus haut, dans le clair-obscur des gradins bien remplis, il reconnut le couple Huberman et leur adressa un signe timide. Seule la grand-mère agita sa main en retour. Le mari restait impavide. *Pourquoi tu nous reluquais à la jumelle, cette nuit, papy ?* grinça intérieurement Andrew.

Tout d'un coup, des spots disséminés au plafond illuminèrent la scène. Les premières mesures de la *Toccata et fugue en ré mineur* de Bach retentirent, jouées au synthétiseur. Le son était horriblement fort, et les accords pas toujours justes. L'auteur de ce massacre harmonique était un garçon chauve, assis derrière un orgue-laser. Des faisceaux stroboscopiques jaillissaient de l'instrument pour aller se perdre parmi les astres de la fausse Voie lactée.

Une brume artificielle s'éleva du sol. Elle stagnait à vingt ou trente centimètres de hauteur, faisant moutonner ses volutes carboniques. Un rayon plus dense que les autres se matérialisa, braqué sur une portion du décor jusqu'ici occupée par des poches d'opacité. Un homme était là. Un homme sans âge, jeans et blouson délavés, bottes de cowboy en peau de serpent. Une partie de son visage était dissimulée par un masque de satin noir, très élégant, dans la plus pure tradition des carnavals vénitiens.

Cette apparition fut saluée par des cris et des applaudissements frénétiques. Andrew et Kim applaudirent, comme les autres… mais Andrew se sentit saisi par un froid glacial. Cet homme, sur la scène, avait la même silhouette que l'inconnu de son cauchemar, celui de l'escalator. Et les mêmes cheveux longs qui lui tombaient dans le dos.

— Qu'est-ce que tu as, papa ? demanda Kim, qui avait remarqué que quelque chose ne tournait pas rond. Est-ce que ça va ?

— Oui. C'est juste… la climatisation qui est un peu poussée, et ça me fait frissonner.

Il se tut, car un nouveau spot venait d'éclairer une forme immobile, allongée sur un bloc en stuc, derrière l'homme aux cheveux longs.

— Geena ! glapit Andrew.

Elle gisait, les yeux clos, pareille à la Belle au bois dormant attendant son Prince charmant. On l'avait revêtue d'une sorte de toge vespérale d'un blanc immaculé.

Andrew, les mâchoires serrées, fit mine de se lever. Catherine Kilgore l'en empêcha.

— Geena va bien, lui glissa-t-elle à l'oreille. Tout cela fait partie de la cérémonie, ne vous inquiétez pas.

— Cet homme, avec les santiags ? questionna Kim. C'est le professeur Garland ?

— Oui.

Garland s'avança de quelques pas. Il ne portait aucun micro visible, et pourtant sa voix de baryton, chaude et réconfortante, résonna dans tout l'amphithéâtre.

— Le soleil éclaire le jour, et la lune éclaire la nuit, dit-il. Un échange d'énergies…

D'un geste ample, il embrassa la voûte étoilée au-dessus de lui, et la brillance des cieux parut s'intensifier.

L'organiste, qui avait marqué une pause, reprit de plus belle, malmenant la partie fugue avec vigueur.

— Sur la voie des étoiles, il y a des carrefours. Aujourd'hui, notre vaisseau Renaissance croise la route d'une nouvelle famille meurtrie par la fatalité. Vous dites : fatalité ? Je réponds : erreur d'aiguillage !

Un coup de tonnerre artificiel fit trembler la salle, alors qu'un éclair de lumière arrachait des oh ! et des ah ! à la foule.

— Qu'est-ce que c'est que ce cirque ? gronda Andrew, qui commençait à sentir la moutarde lui monter au nez.

Catherine Kilgore posa une main apaisante sur son poignet.

— Attendez, attendez…

Pendant ce temps, le professeur Garland arpentait la scène, tel un prédicateur en plein show télé.

— « La mort est naturelle », prétendent les médecins et les prêtres. C'est ce qu'on appelle le grand cycle de la vie. Chacun doit mourir. Même les tortues géantes et les séquoias, pas vrai ? Tout cela est vrai, oui, bien sûr… Si et je dis bien seulement si on est prêt à l'accepter !

Il y eut dans l'amphithéâtre des murmures d'approbation.

— Aux médecins, je répliquerai que la science moderne a de nouvelles armes. Quant aux prêtres, je leur dirai simplement ceci : relisez l'Évangile selon saint Jean, verset 16, chapitre 3 : « Dieu aimait tant le monde qu'il lui a donné

Son unique fils, pour que tout homme qui croira en lui ait la vie éternelle »… La vie éternelle, mes amis ! Nous y avons droit ! Le Christ a payé pour nous, c'est écrit dans les Évangiles !

Il s'arrêta. Son front et sa lèvre supérieure luisaient de sueur. D'une voix plus mesurée, il reprit :

— Quand la grande faucheuse vient frapper à votre porte, vous pouvez baisser la tête en signe de soumission. Ou bien…

Pause, puis, un ton plus fort :

— … ou bien vous pouvez vous dresser et dire : NON. Non, ça ne peut pas m'arriver à moi ! Non, j'ai encore de belles années à vivre ! Non, mon enfant est parti trop tôt ! Non, mon père était un homme bien et il aurait mérité de connaître ses petits-enfants ! Non, non et encore non !

Nouvelle salve d'applaudissements.

— Les Martin, ici présents, ont choisi de dire non !

Garland pointait son doigt sur les premières rangées et, aussitôt, un pinceau lumineux vint fourrager les ténèbres pour dénicher Andrew et Kim. Le père et la fille paraissaient aussi gênés l'un que l'autre. Ils ne savaient plus où se mettre. Heureusement, le spot revint très vite sur Garland.

— David Martin a été arraché à l'amour des siens ! Il n'avait que dix ans… Cela vous paraît juste, mes amis ? Cela vous paraît… sensé ?

Il émit un petit ricanement triste, puis continua :

— Ils ont beau jeu, les hommes de loi, d'agiter devant nous l'épouvantail de la morale. Mais un petit garçon de dix ans qui se noie dans une piscine, qu'y a-t-il de moral là-dedans ?

L'ambiance sonore et lumineuse baissa d'un cran pour devenir plus feutrée. Garland se retourna, puis marcha jusqu'à Geena Martin, toujours allongée, les paupières fermées.

— C'est à vous, Mme Martin…

Geena entrouvrit les yeux… Venait-elle de se réveiller, comme droguée, ou bien attendait-elle ce signal depuis le début ?

Andrew serrait les poings tellement fort que ses ongles lui entaillaient la paume jusqu'au sang. Tout son être se projetait vers la scène, et il avait l'impression que ses yeux allaient être expulsés hors de leurs orbites.

Garland se pencha sur Geena et fit semblant de sortir un nouveau-né des replis de la toge blanche, comme si elle venait d'accoucher. Il ne tenait que du vide entre ses mains, mais l'illusion était troublante.

Présentant le « bébé » à la foule, il demanda :

— David Martin, veux-tu revenir parmi nous ?

Geena se leva et vint se mettre à la droite de Garland. Elle cria :

— David, reviens !

La lumière braquée sur le centre de l'amphithéâtre s'éteignit. La musique se tut. Andrew dut s'astreindre à un effort surhumain pour ne pas crier. Sa bouche était sèche. Son cœur battait la chamade et il sentait des veines palpiter sur son front mouillé.

Quand la lumière revint, Garland et Geena étaient toujours au même endroit. Mais il y avait quelqu'un d'autre : David, les yeux scellés, reposant dans une sorte de cercueil de verre calé sur des tréteaux de manière à être bien visible des spectateurs.

— David ! hurla Andrew.

Il s'élança sur la scène alors que les cris de triomphe et le vacarme des applaudissements montaient des tribunes. Le public était debout, dans l'hystérie la plus totale. Geena arracha le couvercle transparent pour toucher son fils, l'embrasser. Elle pleurait des torrents de larmes. Andrew colla son oreille sur la poitrine de l'enfant. David était vivant. David respirait. Il pouvait entendre et sentir son cœur battre !

— Applaudissez très fort les Martin, répétait un Garland exultant. Nous aimons David et nous vous aimons ! Bienvenue parmi nous !

Il fit signe à Kim de les rejoindre sur la scène. Elle obéit. Elle pleurait elle aussi. C'était trop d'émotions libérées d'un seul coup.

— Merci professeur, articula Andrew entre deux hoquets.

Il craquait, moitié riant moitié sanglotant, devant des centaines de personnes. La morve lui coulait du nez, mais il s'en fichait. Sa famille était enfin au complet.

Garland leva la main en souriant, l'air de dire « ce n'est rien, c'est naturel ».

— Il est en bonne santé ? s'inquiéta Kim.

— Oui, répondit le professeur. Vous allez pouvoir le ramener chez vous, et il se réveillera dans le courant de l'après-midi.

Les applaudissements et les cris de joie continuaient. Ils paraissaient ne pas avoir de fin.

TROISIÈME PARTIE

Né à dix ans

J'ai été aussi triste de la mort de Dennis que lorsque j'ai appris celle de Dan Blocker à la radio. Je les avais peut-être vus autant l'un que l'autre. On n'a jamais rediffusé Dennis.

Stephen King, *Le Corps*

I

On dirait qu'il se réveille.

David gémit. Les échos de cette voix féminine se répercutaient dans les sombres recoins de son esprit balbutiant. Les bruits devenaient de plus en plus précis à mesure qu'il reprenait conscience. Les formes, elles aussi, s'affinaient. Il remontait vers la surface, pareil à une bulle longtemps emprisonnée sous l'eau. Son cerveau fourmillait de picotements.

— David ?

— David, mon chéri…

Il y avait un homme et une femme au-dessus de lui. La femme pleurait. Derrière eux, il distinguait une fille, et derrière encore un autre homme aux cheveux courts et gris.

Qui étaient ces gens ?

L'enfant avait beau sonder son esprit, il n'y trouvait rien. Que du vide.

La peur l'envahit, mais cela ne dura pas longtemps. Il y avait beaucoup d'amour dans les yeux de l'homme et de la femme. Ils ne lui voulaient sûrement pas de mal. Le regard de la fille semblait plus ambigu, pas franchement hostile… méfiant, tout au plus. Quant à l'homme aux cheveux gris, il affichait une expression neutre, froide.

La femme embrassa le petit garçon.

— C'est moi, c'est MAMAN, mon chéri. Et PAPA est là aussi. Et KIM, TA SŒUR.

— Ne le brusquez pas, conseilla l'homme en retrait.

Des mots se bousculaient sur les lèvres de David, dans un désordre indescriptible, et il éprouvait toutes les peines du monde à faire le tri. Observant autour de lui avec avidité, il voyait des objets sans parvenir à nommer la moitié d'entre eux. Il était sur un LIT ; cette pièce devait donc être une CHAMBRE. Là, sur la gauche, il y avait une FENÊTRE. Mais la chose presque transparente qui pendait devant la fenêtre, c'était quoi ? Un STORE ? Un TISSU ? Un RIDEAU ? Il l'avait sur le bout de la langue… Il avait surtout mal au crâne. Toujours cette impression de picotements, comme si son cerveau était le siège d'une colonie d'insectes très actifs et très excités (FOURMIS ?).

— Dis-nous quelque chose, chéri, le suppliait la femme.

Péniblement, il articula :

— Soif.

La fille *(KIM-TA-SŒUR ?)* remplit aussitôt un verre d'eau, et l'homme penché au-dessus de lui *(PAPA ?)* lui donna le verre. Il le but d'un trait, cependant sa soif n'était pas étanchée.

— Encore, coassa-t-il.

Il but un deuxième verre, puis un troisième.

— Cela suffira pour l'instant, dit l'homme aux cheveux gris.

— Tu as faim, aussi ? demanda maman.

David fronça les sourcils.

— Manger, fit papa en joignant le geste à la parole.

David hocha la tête affirmativement. Pour tout dire, il avait une faim de loup.

— Viens, mon chéri, on va aller à la cuisine.

Il essaya de se lever, mais fut aussitôt pris de vertige. En plus, il ne savait même pas comment mettre un pied devant l'autre. Papa le rattrapa, le prit dans ses bras, et maman jeta un coup d'œil affolé à l'autre homme.

— C'est normal, dit celui-ci. C'est normal, ça va revenir.

Papa, qui portait toujours David, allait sortir de la chambre quand l'enfant s'écria :

— Stop.

Il avait aperçu son propre reflet dans le miroir. Il détaillait cette image, l'air très étonné, comme s'il regardait un parfait étranger : un petit garçon avec des yeux marron, des taches de rousseur et des cheveux qui avaient tendance à boucler sur les pointes. Son corps était mince, presque maigre. Un corps dont il se sentait prisonnier, et qu'il n'arrivait même pas à contrôler. Il déglutit.

— C'est toi, c'est DAVID, dit papa.

— David, répéta David.

La cuisine était un lieu intéressant. On y trouvait le FOUR, l'ÉVIER, les PLACARDS et surtout le RÉFRIGÉRATEUR, plein de bonnes choses.

— Regarde, mon chéri, dit maman en souriant jusqu'aux oreilles. Tes céréales préférées, les ChocoSplash !

Elle déposa un bol de lait devant David, un bol où flottaient des choses marron. David y goutta. C'était très sucré, presque écœurant.

— Pas bon, grimaça-t-il.

Papa et maman échangèrent un regard interdit.

— Proposez-lui autre chose, conseilla l'homme.

— Mais ? glapit maman, quasiment scandalisée. Il adore les ChocoSplash !

— Laissez-lui le temps, sourit l'homme.

C'est ainsi que David découvrit les PANCAKES, les BISCUITS et le PAIN AUX CÉRÉALES.

Le reste de la journée passa très rapidement.

Papa et maman expliquèrent à David qu'ils avaient eu un accident de VOITURE (des engins montés sur ROUES et qui pouvaient aller très vite). Maman et papa avaient changé de maison pour rester auprès de David, qui était soigné par un homme très gentil et très intelligent (mais avec un nom un peu compliqué) : PROFESSEURGARLAND. Il avait dormi pendant neuf mois. C'était long. Enfin, à présent, tout allait bien : David était sauvé, et il pouvait revenir vivre avec papa, maman et KIM-TA-SŒUR qui, en fait, s'appelait juste KIM. Il avait oublié plein de choses, mais c'était normal.

L'autre homme, DOCTEUR, était parti. David préférait ça. Docteur ne lui avait rien fait de mal, mais il ne l'aimait pas.

Papa et maman avaient feuilleté un album de photos avec David sur les genoux. Malheureusement, cela n'avait éveillé aucun souvenir dans sa mémoire. Il avait juste dit à maman qu'il la trouvait jolie sur l'une des photos, et elle avait versé des larmes. Maman pleurait beaucoup, d'une manière générale.

En fin d'après-midi, David avait essayé de faire quelques pas. Sans papa, il serait tombé plusieurs fois. C'était plus difficile que ça en avait l'air, de marcher.

David avait beaucoup aimé le bain. On l'avait mis dans une petite CUVETTE, alors qu'il y avait une grande BAIGNOIRE à côté. Il n'avait pas compris pourquoi. Mais ce n'était pas grave. Maman était douce, et il se sentait bien au chaud quand elle l'essuyait avec la SERVIETTE.

Après le bain, c'était déjà l'heure d'aller se coucher.

Maman et papa avaient embrassé le petit garçon en lui murmurant :

— Dors bien, mon chéri.

Il aurait voulu leur répondre quelque chose, mais quoi ? Il se sentait rempli d'émotion ; tellement rempli qu'il aurait pu exploser. Il n'arrivait pas encore à dire « papa » ou « maman », même si c'étaient des mots faciles à prononcer. Quelque part au niveau de sa gorge, ça bloquait... Demain, peut-être ? Il leur sourit. Apparemment, cela leur suffisait. Maman paraissait heureuse, même si elle avait les yeux brillants.

Le petit garçon ferma ses paupières en repensant à tout ce qu'il avait vu aujourd'hui.

Et s'endormit.

2

Andrew se réveilla en pleine nuit.

Il était tenaillé par un doute horrible : et si la journée écoulée — le retour de David, ses premiers mots, ses premiers pas... — n'était qu'un rêve ?

Il se leva, chaussa ses pantoufles, marcha sans bruit jusqu'à la chambre de son fils.

David était dans son lit. Il dormait paisiblement.

Dieu merci, le miracle a bien eu lieu...

Andrew regarda le petit garçon durant de longues minutes, puis il expira l'air de ses poumons, espérant évacuer du même coup son stress. Contrairement à Geena, il avait refusé d'avaler les pilules relaxantes prescrites par le docteur Tinkle. Il commençait à se demander s'il avait bien fait. *Je suis tellement surexcité que je n'arriverai jamais à me rendormir !* Il avait déjà eu un mal fou à trouver le sommeil tout à l'heure...

Une fois David couché, Geena et Andrew avaient longuement discuté. Geena s'inquiétait du peu de vocabulaire employé par leur fils aujourd'hui. Andrew l'avait rassurée. D'après le docteur Tinkle, tout cela était parfaitement normal : David récupérerait bientôt toutes ses facultés cognitives et motrices. Geena était également très troublée par l'incident des ChocoSplash. Andrew avait haussé les épaules. Il doutait que cela eût une réelle importance.

— Et puis, il y a cette façon qu'il a de nous regarder, avait continué sa femme.

— Que veux-tu dire ?

— Il nous regarde… comme des étrangers.

— Il ne se souvient pas de nous. C'est très logique. Mais je suis sûr qu'avec un peu de patience et beaucoup d'amour ça va s'arranger.

Oui, les retrouvailles s'étaient bien passées dans l'ensemble. Le docteur Tinkle leur avait raconté le cas de certains « ressuscités » qui, au réveil, repoussaient leurs proches et piquaient des crises d'hystérie. Là, on était loin du compte. David se comportait comme un petit animal craintif, mais il ne les avait pas rejetés, bien au contraire.

À la limite, Andrew se faisait presque plus de soucis pour Kim que pour David. L'adolescente avait gardé ses distances durant toute la journée, évitant autant que possible d'adresser la parole à son petit frère. Comment allait-elle digérer le retour de David ? *Il faudra qu'on soit vigilants, qu'on veille à ne pas la délaisser…* Il sourit en se disant qu'il s'était fait exactement la même réflexion onze ans plus tôt, à la naissance de David. À l'époque, Kim avait cinq ans. Ce n'était pas vraiment la même configuration.

Andrew déposa un baiser sur ses doigts et souffla pour l'envoyer jusqu'à son fils endormi. *Allez, faudrait vraiment que tu retournes au lit, mon vieux…* Il sortit de la chambre. En passant, il jeta un œil par la fenêtre du couloir. Aucun rectangle jaune ne se découpait sur la façade des Huberman.

— J'aime mieux ça, papy, souffla-t-il à l'adresse des ténèbres.

Le lendemain matin, le petit déjeuner se déroula dans une ambiance étrange. Les membres de la famille ressemblaient à des acteurs cherchant leurs marques sur une scène de théâtre, et leurs rires étaient parfois un peu trop appuyés. Curieux de tout, le petit David se faisait énumérer le contenu des placards. Il paraissait très intéressé par les ustensiles de cuisine. Geena préparait les *pancakes* en jetant un œil à son fils toutes les dix secondes, comme pour vérifier qu'il était bien là. Kim lisait des brochures présentant la Nouvelle-Arkham tout en se coiffant.

Cette fois, ça y est, se dit Andrew. *La vie reprend son cours, comme avant...* Il eut envie de pleurer, mais se retint, autant par fierté machiste que par peur de troubler un si beau tableau.

— Attention, David ! sursauta Geena. Les plaques chauffantes, c'est dangereux !

Le petit garçon recula. Il ne pouvait pas savoir que le David original s'était gravement brûlé le bras, quelques années plus tôt, lors d'une scène similaire. Andrew et sa femme échangèrent un regard entendu, et on éloigna rapidement David de la cuisinière.

Mme Huberman frappa à la porte. Elle apportait ses fameuses galettes chaudes et insista pour que les Martin viennent boire le thé chez elle en milieu d'après-midi. Geena céda, mais son mari se défila, arguant qu'il avait du travail en retard (ce n'était pas faux ; il fallait bien se remettre au boulot un jour ou l'autre). Kim, pour sa part, affirma qu'elle était bloquée à la maison par ses cours *on line.*

— Bon, dans ce cas, je viendrai toute seule avec David, dit Geena.

— Très bien, je vous attends à seize heures. Tu verras, David, mon mari te montrera sa collection de soldats de plomb.

La vieille dame discuta encore de tout et de rien pendant cinq bonnes minutes avant d'être gentiment (mais fermement) repoussée vers la porte, à coups de sourires et de formules de politesse.

— C'est bon, dit David en goûtant une galette brevetée Huberman.

— Tant mieux si tu aimes ça, tu vas en avoir plein à quatre heures, sourit son père.

— Bande de lâcheurs, plaisanta Geena en revenant dans la cuisine.

— Mais j'ai vraiment cours, m'man.

— Ne me regarde pas avec ces yeux-là, chérie, répliqua Andrew. On s'était mis d'accord avant le mariage : je m'occupe des problèmes de voiture, et toi tu t'occupes des voisins emm...

Il s'arrêta à temps. Ce genre de vocabulaire, David l'apprendrait bien assez tôt avec les copains ou devant la télé.

Geena et Kim éclatèrent de rire, et le petit garçon les regarda, perplexe, la tête légèrement inclinée. *Dieu que c'est bon de les entendre rire,* songea Andrew. Cela faisait tellement longtemps...

Kim se replongea dans sa lecture. Au bout d'une minute ou deux, elle demanda à son père :

— Tu as vu qu'il y a une espèce de centre culturel, de l'autre côté de la colline ?

— Heu, non, je ne l'avais pas noté.

— Ils proposent des ateliers d'éveil.

— D'éveil à quoi ?

L'adolescente lui tendit la brochure. Il la parcourut. Le programme des ateliers brassait des sujets tels que « l'art de contrôler les rêves », « la psychologie pratique », « la clé des nombres » ou encore « les sagesses d'Orient et d'Occident ».

— Tu veux t'inscrire à ces trucs bidons ?

Kim lui reprit le papier des mains en grommelant :

— Dès qu'il y a un truc qui m'intéresse ou dès que je propose quelque chose, c'est forcément nul pour toi. Au moins, là-bas, je pourrai sans doute rencontrer des jeunes comme moi.

— Elle n'a pas tort, intervint Geena, qui apportait un plateau de *pancakes* arrosés de miel.

— OK, je me rends, soupira Andrew. On en reparlera plus tard.

3

Après le petit déjeuner, papa et David montèrent dans la chambre de ce dernier.

— C'est quoi ? questionna-t-il en désignant l'objet posé sur sa table de nuit.

— C'est une lampe pour éclairer quand il fait noir, répondit papa. Une lampe en forme de DARTH VADER.

— Darth Vader ?

— Un personnage de film que tu aimais beaucoup avant ton… enfin, avant l'accident. C'est un méchant, qui a une drôle de façon de respirer.

Papa eut un hoquet qui ressemblait à un rire.

— Tu ris pourquoi ?

— Ben, fit-il en secouant la tête… Si on m'avait dit qu'un jour je devrais t'expliquer *Star Wars,* à toi ! C'est le monde à l'envers.

Papa ébouriffa tendrement les cheveux de David. Celui-ci se sentait mieux qu'hier. Il avait moins mal à la tête, et les mots lui venaient plus facilement. Cette chose sur la fenêtre, c'était un RIDEAU bien sûr ! Des petits personnages étaient dessinés dessus. Quand on agitait le rideau, les personnages s'animaient.

— Celui-là, c'est SPIDERMAN, l'homme araignée, expliqua papa. Et lui, il s'appelle DAREDEVIL. Tu as les mêmes personnages en FIGURINES, dans ton coffre à jouets.

— Figurines ?

Papa écarta le pouce de l'index.

— Des petits bonshommes en plastec grands comme ça. Tu en as plein.

— C'est goule.

— Goule ?

— Euh, non, je veux dire cool.

Des fois, il se trompait de mot ; la plupart des mots se ressemblaient beaucoup.

David se racla la gorge avant de demander :

— Est-ce que je vais rester comme ça longtemps ?

— Comme ça comment ?

— À ne pas me rappeler des choses d'avant.

— Je… Je ne sais pas, mon chéri.

— Et les docteurs ?

— Ils ne savent pas non plus. Tu sais, ton accident était vraiment très grave. Tu as eu de la chance de te réveiller.

David se tut. Il feuilletait un cahier rempli de dessins crayonnés au stylo-feutre. De nombreux croquis représentaient des super-héros.

— C'est moi qui ai fait ça ?

— Oui, tu étais très bon en dessin.

David se sentait incapable de refaire des dessins aussi chouettes, avec toutes ces couleurs et ces mouvements. Refermant le cahier, il lança :

— Je veux guérir.

Papa avait l'air gêné.

— Hum, tu sais, marmonna-t-il, l'AMNÉSIE n'est pas une maladie. Tu as juste besoin de…

Maman apparut dans l'encadrement de la porte. Elle était jolie, avec du rouge sur les lèvres et du bleu sur les yeux.

— Eh, les hommes, si on allait faire une petite promenade ?

Papa, maman et David se rendirent au square. David ouvrait les yeux en grand, et la bouche aussi, comme s'il cherchait à aspirer tout ce qu'il voyait : les voitures, les maisons, les arbres. La ville paraissait sans fin. David eut du mal à croire papa quand il lui affirma qu'il y avait encore bien d'autres choses au-delà de la NOUVELLE-ARKHAM.

David arrivait à marcher, mais il devait tenir la main à papa et à maman, sinon il tombait. Au cours de cette promenade, il apprit que le vrai nom de maman était GEENA, et celui de papa ANDREW. Et lui, il s'appelait David JASON MARTIN. C'était son nom complet.

— J'aime bien Jason comme nom, dit-il.

Papa et maman lui sourirent.

Dans le square, on apercevait des petites bêtes qui sautaient dans les branches des arbres.

— Des ÉCUREUILS, dit maman.

David leur donna un bout de son sandwich. Les écureuils avaient très faim. Ils s'approchaient tout près de David pour manger son pain de mie. Ils étaient marrants. Les toboggans et les balançoires avaient l'air amusants également, mais le petit garçon se sentait encore trop faible pour les essayer.

Après, on rentra à la maison car papa avait du travail.

L'après-midi, David s'assit à côté de Kim, qui était en train de regarder la télé, sur la banquette du salon. Elle avait un appareil magique dans les mains, une ZAPETTE, qui lui permettait de changer d'image quand elle en avait assez d'un programme, c'est-à-dire à peu près toutes les trois secondes. Finalement, elle s'était arrêtée sur une émission où un certain BRANDON suppliait une dénommée MÉLANIE de rester avec lui, bien que Mélanie soupçonnât ledit Brandon d'avoir une relation avec JENNIFER, sa meilleure amie. C'était une histoire très compliquée.

Au bout d'un moment, David demanda à sa sœur :

— Pourquoi ils sont tous coiffés pareil, dans ce film ?

— Hein ?

— Ben oui, et puis ils froncent tous les sourcils de la même façon quand ils ont l'air de réfléchir.

— Ben… Je ne sais pas, moi. Ce ne sont pas de très bons acteurs, alors ils ont un peu les mêmes mimiques…

— MIMIQUES ?

Kim poussa un soupir :

— Achète-toi un dictionnaire. C'est saoulant de te donner une définition tous les trois mots.

— Je fais pas exprès…

Elle parut gênée, et même un peu triste.

— Oui, je sais…

Après un long silence, ponctué par les dialogues idiots de la télé, le petit garçon risqua :

— On faisait des trucs tous les deux, avant ?

— Comment ça ?

— Je sais pas, moi… On jouait ensemble ?

— Non.

— Pourquoi ?

— Parce qu'une fille de quinze ans n'a pas de temps à perdre avec un petit casse-pieds de dix ans !

Elle posa la zapette et se leva.

— Je voulais juste qu'on discute un peu, lança David.

— Si tu as envie de discuter, va voir papa et maman. C'est eux qui ont voulu te faire revenir à la maison. Moi, je n'ai rien à voir avec vos histoires.

Pourquoi disait-elle ça ? C'était bizarre.

Elle quitta la pièce sous l'œil sombre de sa mère, qui descendait l'escalier à cet instant.

— Qu'est-ce qu'elle a, Kim ? questionna David.

— Rien. Elle est juste de mauvaise humeur. Ne te tracasse pas avec ça… Tu viens, il est l'heure d'aller chez M. et Mme Huberman.

David et maman traversèrent la rue et sonnèrent chez les voisins.

— Entrez, entrez ! Comme je suis contente ! dit Mme Huberman.

David but du chocolat et mangea des galettes chaudes. Mme Huberman était gentille, mais elle parlait beaucoup, et ça donnait mal à la tête. Elle posait plein de questions à maman : « D'où venez-vous ? » ; « Quel est le métier de votre mari ? » ; « Et ça gagne bien, ça ? », etc. Sur le ton de la plaisanterie, maman lui demanda si elle n'était pas du EFBIHAÏLLE, par hasard ? Ça devait être drôle, car Mme Huberman éclata de rire. Son mari restait à l'autre bout de la pièce, derrière son bureau. David s'approcha. L'œil collé sur un verre grossissant (comment disait-on, déjà ? Une SOUPE ? Une LOUPE ?), le vieux monsieur peignait des petits personnages montés sur des chevaux.

— C'est des figurines ? questionna l'enfant.

— Des soldats de PLOMB.

— Plomb ?

— Oui, c'est du métal. C'est plus précieux que le plastec.

Il y avait le MARÉCHAL NEY, avec son BICORNE (un truc qu'il portait sur la tête), MURAT et son beau costume, et aussi un autre qui s'appelait NAPOLÉON. Napoléon plaquait sa main sur son estomac.

Contrairement à sa femme, M. Huberman ne parlait pas beaucoup. Il répondait aux questions de David, pas plus. Il avait l'air un peu bizarre. Pas méchant, mais bizarre. En tout cas, il lui fallait sûrement beaucoup de patience pour peindre ses petits soldats.

Quelques minutes plus tard, maman l'appela :

— Allez, viens mon chéri, on va rentrer à la maison. Tu dis merci à Mme Huberman pour les galettes ?

— Merci madame.

— Reviens nous voir quand tu veux, mon grand.

Vers dix-neuf heures, maman donna le bain à David dans la cuvette, comme la veille.

— Pourquoi pas là-dedans ? s'enquit le petit garçon en montrant la baignoire.

Maman fit une drôle de tête.

— Tu es sûr ? Cela ne te ferait pas peur ?

— Non. Pourquoi ?

— Quand… quand tu étais plus petit, tu avais très peur de l'eau.

David haussa les sourcils.

— Je me rappelle pas, dit-il.

Maman le regardait comme si un troisième œil ou quelque chose d'autre lui poussait sur le front.

— D'accord, dit-elle après deux ou trois secondes. Si tu veux, on essaiera la baignoire demain.

David hocha la tête. Il allait sortir de la cuvette lorsque, soudain, il se figea. C'était comme si une barre de fer lui avait percé le crâne. Il retroussa les lèvres pour crier. Des images se superposaient entre lui et maman : du ROUGE, partout. Des SILHOUETTES s'agitaient derrière le rideau rouge.

— David ? David, ça va ?

La voix paniquée de maman fit partir les images. David avait froid, tout d'un coup. Et la salive dans sa bouche avait un drôle de goût. Un sale goût. Même la consistance de l'air paraissait différente. Plus épaisse.

— Mon chéri ? Mon bébé ?

— Je… ça va, coassa l'enfant.

— Qu'est-ce qui t'est arrivé ? Durant une seconde, j'ai cru que tu étais… ailleurs. Qu'est-ce qui s'est passé ?

David ne répondit rien. Il aurait été bien incapable d'expliquer ce qui lui était arrivé. Tout ce qu'il désirait, c'était que cela ne se reproduise plus jamais.

4

Je t'assure qu'il m'a fait peur, dit Geena en calant sa tête sous le menton de son mari.

Ils étaient au lit, serrés l'un contre l'autre. Andrew venait d'éteindre la lumière, et le silence de la nuit emplissait la maison. Il s'éclaircit la voix :

— On a bien rendez-vous avec le docteur Tinkle demain ?

— Oui.

— Alors on lui en parlera… Je ne suis pas médecin, mais à mon avis David a eu une… une absence. On a tous des petits moments de flottement quand on est fatigué ou stressé.

— Il n'avait pas seulement l'air absent. Il paraissait… effrayé.

— Ne t'inquiète pas. Je suis sûr que ce n'est pas grave.

Ils se turent pendant une longue minute. Leur respiration était synchronisée. On n'entendait plus que le tic-tac de l'horloge du salon, et le bruit de Kim qui pianotait sur son comput dans la chambre à côté. Geena avait raconté à son mari la fin de la scène entre David et Kim, devant la télé. Andrew avait décidé de parler à sa fille. Il était passé à l'acte en début de soirée, bien résolu à garder son calme cette fois. Mais Kimberley mettait ses nerfs à rude épreuve.

— Je ne supporte pas de le voir s'amuser avec les jouets de David, avait-elle dit après quelques minutes d'une discussion plutôt houleuse. Et je ne supporte pas de le voir porter les mêmes affaires que lui !

— Tu ne vas quand même pas te comporter toute ta vie avec ce gosse comme s'il était un étranger ? C'est ton frère, que tu le veuilles ou non !

— Ce n'est pas naturel d'avoir un frère comme ça !

— Excuse-moi, ma fille, mais tu dis des conneries ! C'est aussi naturel que d'avoir recours à la fécondation in vitro.

— Ce qui n'est pas naturel, c'est de lui faire endosser la défroque de quelqu'un qui est mort !

— Dieu que tu es têtue. Il n'endosse rien : il a le même patrimoine génétique !

— Désolée, mais on ne résume pas quelqu'un à son patrimoine génétique.

Cela avait duré pendant quarante longues minutes, à l'issue desquelles personne ne s'était avoué vaincu. Andrew était monté se coucher vidé, épuisé.

Et si Kim avait raison ? se demanda-t-il furtivement, quand sa tête fut bien reposée contre l'oreiller. *Non, cela remettrait trop de choses en question...*

Mieux valait chasser cette pensée pernicieuse. Il se tourna vers sa femme.

— Au fait, comment s'est passé le goûter chez les Huberman ?

— Mme Huberman a été très gentille avec David, mais qu'est-ce qu'elle est curieuse ! Je n'ai jamais vu une vieille dame aussi indiscrète.

— Et lui ?

— Qui ça ?

— M. Huberman.

— Il n'a pas bronché. Il était en train de peindre des soldats dans son coin. Je crois qu'il a discuté un peu avec David. Enfin, c'était surtout David qui posait des questions.

Andrew se fendit d'un petit sourire en coin.

— D'après toi, c'est lui ou c'est elle, le clone du couple ?

— Ni l'un ni l'autre.

— Hein ?

Geena se redressa sur les coudes en prenant un air facétieux.

— Mme Huberman m'a fait des confidences pendant que je l'aidais à débarrasser dans la cuisine.

— Vas-y, dis-moi.

— Je ne sais pas. C'est un secret de femmes.

Andrew riait. Cela faisait un siècle qu'ils ne s'étaient pas taquinés comme cela. Tout en pouffant, il fit mine de pincer l'épaule de sa femme :

— Allez… J'ai les moyens de te faire parler. C'est qui le clone ? Papy ou mamy ?

— Ni l'un ni l'autre.

— Tu parles sérieusement ?

Andrew resta une poignée de secondes pantois d'étonnement, avant de reprendre.

— Attends, là, y a un truc qui m'échappe.

— Les Huberman ont passé un contrat avec les autorités de la Nouvelle-Arkham. Ils veulent finir leurs jours ici et, à leur mort, ils se feront cloner cinquante ans plus jeunes pour tout recommencer de zéro ensemble. C'est romantique comme idée, tu ne trouves pas ?

— Mais… Ils ne se rappelleront même pas qu'ils étaient mari et femme dans leur précédente existence ?

— Il paraît que le professeur Garland travaille à un moyen de stocker la mémoire. Il dit qu'il touche presque au but. C'est génial, non ? Tu n'aimerais pas passer l'éternité avec moi ?

Andrew essayait d'imaginer toutes les implications d'une telle découverte. C'était… vertigineux. Les mots de Kim tournaient dans sa tête : « Ce n'est pas naturel ! » Voyant l'hésitation de son mari, Geena jeta :

— Attention à ce que tu vas répondre, je pourrais me vexer.

— Ne le prends pas mal, commença-t-il précautionneusement, mais je trouve cette conception du couple assez angoissante. C'est quand même la peur de la mort qui nous fait avancer, nous oblige à concrétiser des choses… Si on a mille ans devant soi, ce n'est plus pareil.

— On pourrait en faire des choses, en mille ans, murmura Geena avec un œil coquin.

— Moi, je vois surtout ce qu'on pourrait faire maintenant, répliqua-t-il avec un sourire non moins coquin.

Leurs lèvres s'unirent dans un baiser langoureux. Ils n'avaient pas fait l'amour depuis la m… l'accident de David, et Andrew éprouva soudain une sorte de trac.

Bah, se dit-il pour se rassurer. *Ces choses-là, c'est comme le vélo. Normalement, ça ne s'oublie pas…*

En effet, cela revint très vite.

5

Lon Tinkle résidait à deux pâtés de maisons d'Armitage Street, aussi les Martin choisirent-ils de s'y rendre à pied. David avait besoin de faire de l'exercice tous les jours. La mine sombre, les mains dans les poches, Kim les accompagnait. Elle traînait des pieds sans chercher à déguiser sa mauvaise humeur. Elle aurait préféré rester devant son comput, mais le docteur Tinkle avait demandé à voir toute la famille.

Ils obliquèrent dans French Hill Street. Le soleil tapait fort. David arborait une casquette des Dodgers que son père avait retrouvée au fond d'un carton, avec plusieurs T-shirts, une batte, un gant en cuir et la fameuse balle dédicacée par Hank Scarafile. Plein d'émotion, il avait tendu la balle au petit garçon en lui disant :

— Tu vois, je te l'ai gardée… Tu la veux ?

— Non, avait répliqué David en haussant les épaules.

Andrew avait senti sa gorge se serrer. L'espace d'une seconde, il s'était surpris à rêver que son fils allait s'écrier « Ma balle ! Merci papa ! ». Et tous ses souvenirs seraient revenus d'un coup ! Mais la balle de ce cher Hank Scarafile n'avait rien d'une baguette magique, et David s'était contenté de se coiffer de la casquette sans enthousiasme particulier.

— Ah, voilà l'adresse, remarqua Andrew en montrant une porte blanche au bout d'une petite allée gravillonnée.

Ils allaient s'y engager quand ils furent accostés par une vieille femme surgie de nulle part.

— N'y allez pas ! cria-t-elle.

David eut un mouvement de recul, car ce visage fardé de blanc, avec ses faux sourcils dessinés au crayon gras, ne lui évoquait rien de bon.

— Tinkle est un menteur, cracha la vieille dame en révélant des dents jaunes et espacées. Tous des menteurs, ici !

David se réfugia derrière sa mère.

— Vous faites peur à mon fils, madame, grinça Andrew.

— Mais moi, ils ne m'auront pas ! continua l'effrayante apparition sans noter l'interruption. J'me laisserai pas prendre comme les autres ! J'retournerai pas à la clinique !

Elle jeta un regard par-dessus son épaule et sursauta : une patrouille d'hommes en rouge approchait.

— Méfiez-vous de tout le monde, murmura-t-elle à l'oreille d'Andrew.

Puis elle changea de trottoir en grognassant : « J'me laisserai pas avoir... J'veux pas qu'on me suce le cerveau, moi... » Une fois la rue traversée, elle entra dans une maison dont la peinture s'écaillait sur une bonne partie de sa façade. Plusieurs verrous claquèrent successivement.

— Drôle de bonne femme, dit Geena.

— Au moins, ça change un peu, rétorqua Kim. Dans ce bled, tout le monde est si souriant, si gentil... Moi, ça me fout les boules.

— Les boules ? questionna David.

— Kimberley, ne parle pas comme ça devant ton frère.

L'adolescente soupira en levant les yeux au ciel. Andrew crut un instant que c'était pour mieux contre-attaquer, mais il se trompait. Kim emprunta d'un pas résolu le chemin en gravillons, et la dispute n'alla pas plus loin.

— Vous avez une voisine d'un genre spécial, plaisanta Andrew en serrant la main du docteur Tinkle.

— Ah ? Vous avez croisé Mme Dubravsky. Oui, c'est un cas… Une très gentille dame, mais qui fait un complexe de persécution. Et cela ne s'est pas arrangé depuis qu'elle a perdu son mari.

Il contourna le meuble qui lui servait de bureau et dit :

— Asseyez-vous.

Son cabinet était tout en boiseries : couloir lambrissé d'acajou, parquet en chêne. Il n'y avait pas de diplômes au mur, comme chez le psy de Los Angeles, ni beaucoup de livres. En revanche, les étagères étaient encombrées de plusieurs trophées de tailles diverses, en bronze ou en argent.

— J'ai participé à quelques tournois de tennis, dans ma jeunesse, sourit le médecin.

Puis, reportant son attention sur David :

— Alors, mon garçon, comment te sens-tu ?

— Bien, dit David.

— Tu n'as pas de malaises, de vertiges ?

— Un peu le matin, quand je me lève, mais ça passe vite.

Geena paraissait soucieuse. Elle jeta :

— Et hier soir, chéri ? Qu'est-ce qui t'est arrivé exactement ? Tu veux en parler au docteur ?

— Quand ça, hier soir ?

— Quand je t'ai sorti du bain. Tu as eu l'air… tout bizarre.

— Ah, ça…

David se frotta le nez.

— Je sais pas trop… C'était comme des images. Des images que j'aurais déjà vues ailleurs. C'était tout rouge. Du rouge partout. Et puis, c'est passé.

Tinkle prenait des notes en hochant la tête de manière mécanique, pareil à l'aiguille d'un métronome.

— C'est une séquelle de son accident, docteur ? s'enquit Andrew.

— Sans doute. J'ai déjà entendu des témoignages similaires, mais à chaque fois ces « flashs » hallucinatoires s'estompent rapidement.

Levant les yeux de son carnet, il demanda :

— Et la marche, comment ça se passe, mon grand ?

Comme l'enfant ouvrait des yeux ronds, il répéta sa question, main à l'horizontale et doigts baissés, en agitant son index et son majeur d'avant en arrière. Le regard de David s'illumina :

— Oh, oui. J'arrive à bien marcher quand Andrew et Geena me tiennent.

— Tu ne les appelles pas « papa » et « maman » ?

David eut l'air de réfléchir. Il s'accorda quelques secondes avant de répondre :

— Ben… non.

— Pourquoi ?

— Je sais pas.

— Tu ne sais pas ? Tu es sûr ?

— C'est que… ça ne me vient pas, c'est tout.

Andrew sentit son pouls s'accélérer. Il prit la main de sa femme, qui commençait à avoir les yeux humides.

Tinkle, imperturbable, poursuivait son interrogatoire :

— Essaie de formuler avec des mots pourquoi tu n'arrives pas à dire « papa » et « maman ». Rentre tout au fond de toi, c'est important.

David baissa le regard, comme s'il avait honte.

— Parle, n'aie pas peur, mon grand.

Le petit garçon releva le menton.

— Ben… C'est que… Un papa et une maman, on les connaît depuis toujours, non ? Et moi, je ne les connais que depuis deux jours, alors voilà.

Andrew et Geena encaissèrent la phrase comme un coup de poing, mais aucun d'eux ne broncha.

— Tu ne te rappelles peut-être pas d'eux, dit Tinkle en parlant très lentement. Cependant, je t'assure qu'ils sont bien ton papa et ta maman. Tu comprends ?

David fit « oui » de la tête.

Le médecin eut un regard compatissant pour les parents.

— Ne vous en faites pas. C'est normal. Il va s'habituer.

Andrew acquiesça en silence. Sa femme essuya une larme qui menaçait de perler.

— Pour la marche et le reste, nous avons des cours de rééducation physique très efficaces, poursuivit Tinkle. Je pense que, si vous participiez à ces cours avec David, ce serait très bon pour son apprentissage moteur d'une part, et l'effort vous permettrait de resserrer vos liens affectifs d'autre part. Je vous donnerai l'adresse et les horaires tout à l'heure.

— Très bien, docteur.

Tinkle se tourna vers Kim, jusqu'ici muette.

— Et toi, Kimberley, tu es contente de revoir ton frère ?

— Je suis aux anges, dit l'adolescente d'une voix blanche.

— Hon hon… (Tinkle se racla la gorge.) Bon, je vais discuter quelques instants avec vos parents, et après je vous verrai tous les deux, l'un après l'autre. Vous êtes d'accord, les enfants ?

Le frère et la sœur hochèrent la tête.

— Très bien, dans ce cas, vous patientez en salle d'attente un moment.

Ils se levèrent et sortirent du bureau.

Kim feuilletait un des magazines qui s'empilaient dans la salle d'attente. Ce numéro ne datait pas d'hier puisqu'on y trompetait en couverture la découverte d'un vaccin contre le sida. Cette victoire de la médecine avait été de courte durée : dans le même temps, des variétés inédites de peste et de choléra s'étaient développées en Afrique du Sud… et propagées sur tout le continent.

On dirait qu'un fléau chasse l'autre, songea Kim.

David, à genoux sur une chaise, observait la rue par l'unique fenêtre de la pièce. Sans quitter l'extérieur des yeux, il questionna :

— Pourquoi tu ne m'aimes pas ?

— Hein ? fit Kim avec un froncement de sourcils.

— Je sens bien que tu ne m'aimes pas. Qu'est-ce que je t'ai fait ? Je t'ai fait un truc avant mon accident ?

L'adolescente referma son journal.

— Ce n'est pas que je ne t'aime pas. C'est… c'est compliqué à expliquer.

Elle essayait d'analyser ses sentiments. Ils formaient une mélasse noire, nauséabonde… Mais sa colère était-elle spécifiquement dirigée contre le petit garçon ?

Non.

Après quelques secondes d'un silence songeur, elle soupira :

— Je crois que j'en veux à papa et maman pour la façon dont ils se comportent avec toi.

— Tu as peur que Geena et Andrew s'occupent tout le temps de moi et plus du tout de toi parce que, moi, je suis malade ?

— Non, pas vraiment… Tu sais, dans toutes les familles on a des secrets, des choses qu'on n'ose pas dire… Tu devrais poser plus de questions à papa et à maman…

Elle allait ajouter quelque chose quand David lui coupa la parole d'une voix bizarre :

— Il y a une dame avec un couteau.

Intriguée, Kim se leva et marcha jusqu'à lui. Une violente bouffée de peur la saisit quand, posant le regard sur les habitations d'en face, elle reconnut Mme Dubravsky. La vieille dame se tenait debout derrière une fenêtre de sa maison, un long couteau de cuisine levé dans la main droite. Mme Dubravsky avait une expression hallucinée et ses lèvres bougeaient mécaniquement. Le soleil se réverbérait sur la lame du couteau et obligeait Kim à plisser les yeux. L'adolescente ouvrit la fenêtre de la salle d'attente en criant :

— Madame ? Mais qu'est-ce que vous faites ?

La voisine lui répondit quelque chose, mais comme elle parlait derrière une vitre fermée, Kim ne put qu'essayer de lire sur ses lèvres. En vain !

Sans trembler, la vieille femme appliqua la pointe du couteau sur sa gorge. Il y eut un mouvement sec et un jet de sang. Kim hurla et détourna le regard en même temps, serrant David contre elle.

Dans la rue, des portes s'ouvraient. Le hurlement de l'adolescente n'était pas passé inaperçu, et des gens sortaient sur leur perron, sur leur carré de pelouse tondu avec amour.

— Qu'est-ce qui se passe ?

— Qui a crié ?

— Il y a eu un accident ?

Déjà, une patrouille d'hommes en rouge accourait.

Quatrième partie

Notre chère communauté

Il y a trois forces, et seulement trois,
capables de conquérir et de soumettre
pour toujours l'esprit. Ce sont les
miracles, le mystère et l'autorité.

Fedor Dostoïevski, *Les Frères Karamazov*

I

Les premières semaines du printemps furent une période heureuse pour les Martin. David progressait tous les jours. Il parlait et marchait à présent sans problème. Geena l'accompagnait à ses cours de rééducation. Elle en revenait enthousiasmée, et disait apprécier particulièrement les minutes de relaxation qui ouvraient chaque cession. Séduite, elle s'était inscrite à des séances de yoga dirigées par le même professeur, maître Thornhill. Elle semblait plus sereine, plus détendue, depuis qu'elle pratiquait la méditation orientale.

Kimberley, quant à elle, avait choisi « l'art de contrôler ses rêves »…

Kim entra dans un bâtiment tout en longueur, construit de plain-pied, qui ressemblait à un gymnase. Cette impression initiale se confirmait d'ailleurs assez vite. Passé les vestiaires, on pénétrait dans une grande salle avec de nombreux marquages au sol et un panier de basket à chacune de ses extrémités. Des barres asymétriques, un cheval d'arçon et des buts de handball avaient été poussés sur les côtés. L'endroit sentait la sueur. On voyait des grains de poussière voleter dans les raies lumineuses qui filtraient des stores mi-clos. Une dizaine de personnes étaient assises sur des tapis en mousse : des hommes et des femmes, jeunes et moins jeunes. Le regard de Kim s'arrêta sur un garçon un peu plus vieux qu'elle, aux yeux clairs et aux cheveux de blé.

— Ah, vous êtes la nouvelle, fit la seule personne à se tenir debout, un grand gaillard qui parlait avec l'accent traînant des sudistes.

Il arborait une barbe poivre et sel modérément entretenue, et son visage irradiait quelque chose de juvénile bien qu'il fût sans doute déjà bien installé dans la cinquantaine.

— Bienvenue, mademoiselle. Je vous en prie, prenez place.

Kim s'assit à côté du beau jeune homme blond. Il lui sourit, et elle eut l'impression que deux feux de broussailles s'allumaient simultanément sur ses joues.

— Comment vous appelez-vous, jolie demoiselle ? interrogea le barbu en se passant la main dans les cheveux.

Cette fois-ci, Kim vira au rouge cramoisi.

— Kimberley Martin, dit-elle en sentant peser sur elle tous les regards.

— Je suis maître Alexander, mais tout le monde m'appelle Xander. Bienvenue parmi nous, Kimberley. Vous pouvez l'applaudir.

Applaudissements polis.

— Alors, Kimberley. Vous voulez apprendre à contrôler vos rêves ?

— Oui, je… Enfin, j'aimerais bien essayer. C'est compliqué ?

— Non, pas du tout. Mais il faut garder l'esprit ouvert. Le garçon à côté de vous pourra vous aider si vous avez un problème. D'accord, Jamie ?

Ce dernier sourit de toutes ses dents (qu'il avait blanches et bien plantées). Il tendit la main à Kim.

— James Butler, se présenta-t-il.

— Enchantée, dit-elle, alors que les battements de son cœur s'accéléraient.

Le professeur reprit la parole :

— Je vais me livrer à une expérience dite « d'hypnose collective ». Ne luttez pas. Vous allez passer par un moment de flottement plus ou moins long. Dès que vous désirerez reprendre les rênes de votre rêve, essayez de visualiser deux petites flammes devant vous, une devant chaque œil. Vous regrouperez ensuite ces deux lueurs en une seule, et vous ferez en sorte que celle-ci vienne s'imprimer sur votre front. Vous ressentirez alors une douce chaleur au-dessus du nez, puis cela deviendra plus intense. Cette brûlure vous permettra de vous « réveiller » à l'intérieur même de votre rêve et d'en prendre le contrôle… Vous avez compris ?

— Je crois, oui, acquiesça Kim.

— Parfait…

James Butler se pencha à l'oreille de l'adolescente :

— Ne t'inquiète pas si tu n'y arrives pas du premier coup. Ce truc demande quand même un peu d'entraînement. Tu as déjà fait du yoga ? Du tai-chi ?

— Un peu de yoga, c'est tout.

— Reste cool, et ne cherche pas à résister pendant la phase d'hypnose.

— OK.

Xander questionna :

— Bon, tout le monde est prêt ? Je peux commencer ?

Xander rentra un datadisc dans son lecteur portable. Une musique apaisante se déversa dans le gymnase. Des clochettes tintinnabulaient, chantaient comme l'eau claire d'un ruisseau, et des nappes de synthétiseurs paraissaient planer au-dessus des têtes.

— Relaxez-vous. Vous êtes calme… En paix…

Le professeur saisit une petite télécommande. Il appuya sur une touche et les lamelles des stores pivotèrent d'un quart de tour, plongeant la salle dans la pénombre.

— Vos paupières se ferment…

Kim obéit, s'abandonna à l'obscurité.

Quand elle rouvrit les yeux, elle avait la bouche pâteuse, et l'impression que son corps était aussi lourd qu'une caisse de plomb. Elle ne se rappelait de rien.

— Hé, ça va ? demanda James.

— Je… je ne sais pas. Il y a eu un voile noir, puis plus rien.

— C'est normal, c'était la première fois.

L'adolescente regarda autour d'elle. Les autres se réveillaient. Ils avaient presque tous un sourire extatique sur les lèvres. Xander avança parmi ses élèves. Il disait un mot gentil à chacun d'eux, une parole d'encouragements ou de félicitations. Arrivé devant Kim, il questionna :

— Tu as essayé, Kimberley ? Tu as visualisé les deux flammes ?

— En fait, j'ai juste senti que… que je partais. Et après, plus rien, c'est le néant.

— Ne t'inquiète pas. Le contraire aurait été étonnant. La prochaine fois, nous travaillerons sur la phase de transition. Nous devons nous accorder, comme deux instruments de musique. Tu comprends ?

Elle hocha la tête. Xander se leva, frappant dans ses mains pour attirer l'attention de ses disciples. Ces derniers commençaient à discuter entre eux, comparant leurs expériences avec amusement ou excitation.

— Maintenant, vous allez me parler du contenu de vos rêves.

2

Andrew avait installé son bureau (un meuble énorme, en chêne massif, de la taille d'un porte-avions) sous les combles à pente abrupte. Les premiers temps, il avait beaucoup éternué, mais une fois aéré et dépoussiéré, le grenier s'était révélé un lieu de travail très agréable. On était au calme. La pièce conservait la chaleur de l'après-midi durant une bonne partie de la soirée, et la lumière y pénétrait par plusieurs lucarnes bien exposées. Andrew avait placé son tapis préféré (un tapis turc qui lui venait de sa famille) sous le bureau. Il s'était également aménagé un coin détente : un fauteuil, quelques romans, une glacière pour la bière et un paquet de chips toujours approvisionné.

*Bon, je boucle ma grille d'*access prime time*, et après je m'arrête,* se dit-il en s'étirant.

Il devait être dix-huit heures. Il avait mal au dos et aux fesses à force d'être resté assis, et ses yeux commençaient à fatiguer.

La trappe du plancher grinça. Andrew fit pivoter son siège à roulettes et aperçut la tignasse de David qui dépassait de quelques centimètres.

— Je te dérange ?

— Non, non, pas du tout. Qu'est-ce que tu veux, mon chéri ?

— Rien de spécial. Je voulais juste voir ce qu'est ton travail.

— Viens, je vais te montrer.

Le petit garçon grimpa les derniers barreaux et referma la trappe derrière lui.

Andrew prit son fils sur ses genoux.

— Tu te rappelles les pubs, à la télé ? interrogea-t-il.

— Oui. Les petits films avec que des gens beaux ?

— Hum, c'est ça. Eh bien, toutes ces pubs vont dans des cases spéciales. (Il effleura une icône pour agrandir une sorte de tableau compliqué.) Tu vois, les cases du matin ne sont pas très chères, parce qu'il n'y a pas beaucoup de monde qui regarde la télé à cette heure. En revanche, en début de soirée, juste avant les informations, ça coûte le triple. Les annonceurs me communiquent leur budget, et moi je vends des cases horaires adaptées à leurs moyens, tu comprends ?

— Je crois, oui…

David observa longuement la grille de programmation avant d'ajouter :

— Tu vends du vide, c'est ça ?

— Euh, oui, si tu veux ; mais nous, on préfère parler d'espaces publicitaires.

David hocha la tête.

— Et ça te plaît, comme travail ? demanda-t-il avec une spontanéité désarmante.

— Ben, oui… C'est intéressant… Enfin, c'est une façon comme une autre de gagner sa vie…

— Tu voulais faire ça quand tu avais mon âge ?

— Hum, non. Je ne savais même pas que les grilles de programmation existaient. Si ma mémoire est bonne, quand j'avais dix ans, je voulais me lancer dans la bande dessinée. Et puis, plus grand, je voulais écrire des romans, des trucs d'épouvante à te faire dresser les cheveux sur la tête.

— Pourquoi t'as pas fait ça ?

Andrew haussa les épaules.

— Il y a eu la fac, et puis on s'est mariés assez jeune avec ta mère, et puis… j'avais toujours quelque chose de plus urgent ou de plus important sur le feu. J'imagine que si j'étais vraiment destiné à écrire des histoires je me serais jeté à l'eau depuis longtemps.

— Tu es malheureux ?

— Non ! Mais ça me démange de temps en temps.

David se tut puis, sans transition, demanda :

— Qu'est-ce que je voulais faire, moi, avant mon accident ?

— Joueur de base-ball. C'était vraiment ton truc, le base-ball !

— Tu m'apprendras à y jouer ? Je me rappelle pas.

— Oui, bien sûr, mon chéri. Je t'apprendrai.

La gorge d'Andrew se serra. La lumière du soleil couchant dessinait un halo d'or fin autour des cheveux de son fils. Son visage était beau, bien que son expression possédât quelque chose de tragique.

— Dis-moi ce qui te tracasse, David ? demanda-t-il simplement.

— Pourquoi on peut pas sortir d'ici ?

— D'ici ? De la maison ?

— Non, de la Nouvelle-Arkham. Il y a un garçon à mon cours d'anglais, Buzz Noonan, qui dit que c'est parce qu'on n'est pas loin de là où ils ont fait sauter la première bombe atomique. Il dit qu'il y a des vers géants, dans les sables, autour de nous. Des vers mutants. Il dit que, si on sort dehors, les vers géants vont nous manger.

— Ton copain Buzz a beaucoup d'imagination.

— Alors pourquoi on peut pas sortir, si c'est pas vrai ?

Andrew soupira. Son fils était peut-être amnésique, mais il était loin d'être bête. Sélectionnant avec soin chacun de ses mots, il préluda :

— Tu te rappelles l'histoire que je t'ai racontée ? Quand le professeur Garland est venu te rechercher au pays des morts ?

— Oui. Il a récupéré mon âme et mon corps, mais ma mémoire est restée là-bas.

— C'est ça. Eh bien, il y a de nombreuses personnes, dans le monde extérieur, qui pensent que l'on devrait laisser les gens au pays des morts, même quand il s'agit d'enfants.

— Pourquoi ?

— Parce qu'ils pensent que c'est mal. Qu'il ne faut pas défaire ce que Dieu a fait.

— Dieu ?

Andrew se mordit l'intérieur de la joue. Il n'était pas prêt à donner un cours de théologie improvisé. Sous ses airs innocents, ce petit chameau de David l'entraînait vers des chemins de plus en plus marécageux.

— Dieu, c'est quelqu'un ou quelque chose au-dessus de nous, qui voit tout et décide tout. Il est très puissant. Des milliards de gens l'aiment et croient en lui, même s'ils ne lui donnent pas tous le même nom.

— Tu y crois, à Dieu ?

— Moi, non, parce qu'on n'a pas véritablement de preuves de son existence. Mais beaucoup de gens à travers le monde ne sont pas de cet avis. Je suppose qu'ils ont de bonnes raisons. Tu sais, tu te feras ta propre opinion sur la question en temps voulu, quand tu seras plus grand.

David parut plongé dans une intense méditation.

— Le professeur Garland, questionna-t-il, il se prend pour Dieu ?

— Je ne crois pas. C'est juste un homme qui essaye de faire ce qu'il pense être bien…

— En tout cas, les gens d'ici ont l'air de l'aimer comme Dieu.

Andrew resta coi. Il n'avait jamais envisagé les choses sous cet angle.

3

David n'était pas malheureux. Ni heureux, d'ailleurs. Il avait simplement l'impression de vivre dans un rêve. Mais le rêve d'un autre. De l'*autre*.

Bien sûr, il se sentait de nombreux points communs avec l'autre, le David d'avant, celui qui souriait sur les photos. L'autre David possédait une super-collection de *comics*. Dès qu'il avait su déchiffrer les textes dans les bulles, David avait dévoré ces bandes dessinées pleines d'action, de méchants et de super-pouvoirs. Ses personnages préférés étaient Spiderman et Wolverine. Batman était cool également, mais il ne possédait aucun pouvoir. David aimait bien *Star Wars,* comme l'autre David, même s'il y avait plein de noms compliqués dans ce film (des JAWAS, un GRAND MOFF, des DROÏDES de PROTOCOLE...).

Jouer avec les figurines était amusant. En revanche, il ne comprenait rien aux règles du base-ball. Autre différence : les épinards. Papa et maman avaient été très surpris de le voir goûter aux épinards, et surtout en redemander ! Avant son accident, il détestait les épinards. Il détestait aussi prendre des bains dans la grande baignoire. Il paraît qu'il avait peur de mettre la tête sous l'eau. David avait essayé, pour voir. C'était plutôt marrant. Bien sûr, il fallait se pincer le nez et garder la bouche fermée. Un de ces jours, il irait à la piscine avec papa, quand celui-ci aurait moins de travail.

Pour l'instant, il suivait des cours de rééducation psychomotrice. Maman l'accompagnait. Maintenant qu'il savait de nouveau marcher, courir, sauter, il ne voyait pas l'intérêt de continuer à participer à cet atelier. Mais maman avait l'air de bien aimer ça, surtout quand on fermait les yeux et qu'on travaillait sur la respiration. Il y avait des bâtonnets d'ENCENS dans la salle, et ça donnait un peu mal au cœur. Le professeur, maître Thornhill, parlait beaucoup. Il disait, entre autres, que le corps était un temple sacré et qu'il fallait le protéger. Il disait que les gens de l'extérieur (qu'il appelait des VONGS) avaient oublié cette vérité simple. Maître Thornhill semblait ne pas apprécier beaucoup les gens de l'extérieur.

Sinon, il y avait les cours d'anglais, dans un pavillon collé à la clinique. David n'aimait pas s'approcher de la clinique, sans très bien savoir pourquoi d'ailleurs. C'était un bâtiment construit de plain-pied, tout en longueur, avec beaucoup de verre et beaucoup de béton. Il se dégageait quelque chose de cet endroit, comme une odeur, sauf qu'on ne la respirait pas avec le nez mais avec tous les sens en même temps. C'était étrange. Et inquiétant.

En classe, David était tout le temps assis à côté de son copain Buzz Noonan, un garçon très marrant. Buzz avait eu un accident, comme lui ; lui, on lui avait tiré dessus, un jour qu'il marchait tranquillement devant une banque. Les vongs avaient l'air très violents… Cela confirmait ce que disait maître Thornhill. Dans la Nouvelle-Arkham, personne ne vous tirait dessus. On pouvait se promener dans la rue sans crainte, et ça c'était bien.

Une fois, David avait demandé à Buzz s'il ne se sentait pas bizarre, à certains moments.

— Bizarre comment ? avait répliqué son copain.

— Je ne sais pas trop. Bizarre, comme si tu n'étais pas… à ta place.

Buzz avait longuement réfléchi, puis il avait dit :

— Tu te prends trop la tête, *man.*

C'était vrai que, des fois, David pensait pendant des heures. Surtout le soir, avant de s'endormir. Il regardait le plafond et il cherchait des réponses. Il cherchait tout seul, car quand il posait trop de questions à papa ou à maman tous deux prenaient un drôle d'air et répondaient à côté. David repensait souvent à ce que lui avait dit Kim, au sujet des secrets de famille. C'était quoi, leur secret à eux ? Kim était plus gentille avec lui qu'au début ; de temps en temps, pourtant, elle le regardait avec une sorte de rejet triste dans les yeux, comme si elle regardait un étranger. Cela ne durait pas longtemps, mais ça mettait David mal à l'aise pour le restant de la journée.

Une autre chose qu'il n'aimait pas, c'étaient les « flashs ». Ces trucs-là revenaient de plus en plus souvent. Du rouge, et les silhouettes derrière le rouge. Certaines silhouettes tenaient de grosses aiguilles. Ces images tremblotantes lui faisaient peur. Un sale goût emplissait sa bouche, comme du liquide vaisselle (il n'avait jamais goûté au liquide vaisselle, bien sûr, mais il imaginait que ça devait avoir un goût kif-kif).

Le rouge. Des voix assourdies qui parlaient de lui. La sensation d'étouffer.

C'était peut-être donc ça, le pays des morts, le pays où le professeur Garland était le seul à pouvoir entrer et sortir comme il voulait ?

Tes souvenirs sont restés là-bas, susurrait une petite voix dans sa tête.

Une voix qui n'avait rien de rassurant.

4

En moins d'un mois, Kim et James étaient devenus très proches. Ils se voyaient tous les jours ou presque. Leur attirance mutuelle paraissait évidente, cependant ils ne cherchaient pas à accélérer les choses.

Cet après-midi-là, la jeune fille était assise sur l'un des bancs disposés autour du kiosque à musique. James la rejoignit en tenant deux gobelets fermés et ornés d'une paire de pailles.

— Merci, dit Kim, un peu surprise. Je croyais que tu n'avais pas d'argent sur toi.

— Oui, mais j'ai ça.

Il sortit une carte jaune de la poche de son jean.

— Qu'est-ce que c'est ?

— C'est magique. Avec cette carte, tu peux avoir tout ce que tu veux dans la Nouvelle-Arkham, ou pratiquement. Faut être raisonnable, quoi.

— Je ne comprends pas.

— Ma mère donne l'intégralité de son fric à la communauté, qui s'occupe de le gérer, de le faire fructifier. En échange, on nous remet une carte. On peut la présenter à n'importe quel commerçant, elle fait office de paiement. C'est aussi simple que ça. Plus besoin de se prendre la tête avec les fins de mois difficiles, les crédits et le reste. C'est super cool. Tu verras, tes parents finiront par y venir. Tout le monde adopte ce système, au bout d'un moment.

— Ah bon ?

Ils continuèrent à discuter de tout et de rien pendant une demi-heure, en sirotant leur soda. Ils regardaient les passants, ces gens si chaleureux, si prévenants, qui ne manquaient pas une occasion de se saluer, de prendre des nouvelles des uns et des autres dans une atmosphère de kermesse bon enfant.

— J'ai toujours imaginé l'Amérique des années cinquante comme ça, lâcha Kim, un rien moqueuse. Un univers… rose bonbon.

— Ouais, je comprends, acquiesça le jeune homme plus sérieusement. Moi aussi, je trouvais les habitants de la Nouvelle-Arkham un peu *too much* quand je suis venu vivre ici. Mais tu verras, on s'y habitue. En fait, le plus bizarre dans l'histoire, c'est que des comportements comme la gentillesse, l'altruisme ou la générosité nous paraissent anormaux ou suspects ! Si tu veux mon opinion, c'est le monde extérieur qui ne tourne pas rond.

— Sans doute…

Prenant son courage à deux mains, elle demanda :

— Tu es venu à la Nouvelle-Arkham pour quelle raison, toi ? Tu as eu un accident ?

Elle n'avait jamais osé aborder le sujet de crainte de commettre un impair. Si James était un clone, quelle version ses parents lui avaient-ils racontée ?

Le garçon eut un infime sursaut.

— Un accident, moi ? Non. (Il hésita un assez long moment.) C'est… c'est à cause de mon père.

— Ah ?

— C'était quelqu'un de très intelligent, brillant même, mais il avait un sérieux problème avec l'alcool. (James aspira les dernières gouttes de son soda en faisant du bruit avec sa paille.) Il s'est… tué bêtement.

— Tu n'as peut-être pas envie d'en parler ?

Le regard de James se fit ténébreux, intense, mais le jeune homme se força à sourire.

— Non, ça va aller… Mon père est monté sur une chaise pour réparer un volet. Il était tellement saoul qu'il est passé par la fenêtre. Il s'est brisé le cou. Après, on a quitté Atlanta, et le professeur Garland l'a ressuscité.

— Tu veux dire cloné.

— Ouais. Enfin, ça revient au même, non ?

Kim essaya de dissimuler sa perplexité sans y parvenir.

— Hum, c'est quand même pas la même chose, finit-elle par articuler. Ton père, celui que tu as connu avant, est définitivement… parti.

Il y eut un silence. James cisaillait l'extrémité de sa paille avec ses dents. Il la recracha dans son gobelet vide.

— Je préfère mon père comme il est maintenant, dit-il avec une certaine dureté. Avant, il pouvait avoir des montées de violence terrifiantes. (Sa voix devint rauque.) Il lui arrivait de taper ma mère quand il avait bu.

James broya son gobelet. Kim essayait d'interpréter l'éclat qui luisait au fond de ses yeux. Colère ? Tristesse ?

— Je te prie de croire que c'était assez chaud, l'ambiance à la maison, poursuivit-il. On s'engueulait tout le temps avec mon paternel. Faut dire qu'il arrêtait pas de me prendre la tête pour des conneries. Mais à présent, c'est fini. Depuis qu'on vit ici, il est zen. On est potes. C'est cool.

L'adolescente hocha la tête. Le sujet était délicat, et elle n'avait pas envie de froisser James. Après tout, peut-être avait-il réellement gagné au change ? Qu'est-ce qui était le mieux : un vrai père violent ou son clone version zen ? Elle essaya d'imaginer Andrew, son propre père, purgé de tous ses défauts : un papa tolérant, qui ne s'énerverait jamais, qui serait ouvert à la discussion, qui aimerait la même musique qu'elle, qui…

Hum, ce ne serait plus vraiment mon père, conclut-elle intérieurement.

— Et toi, s'enquit le jeune homme. Quelle est ton histoire ?

Elle déglutit.

— C'est à cause de… de mon petit frère. Il s'est noyé l'été dernier.

— Merde, ça a dû être terrible pour tes parents !

— C'était horrible, oui…

Les yeux de James avaient retrouvé leur éclat habituel, plein de gentillesse, de douceur. Il décocha un sourire désarmant à Kim, le genre de sourire auquel on ne pouvait guère résister, à moins d'être de glace.

— Ne t'en fais pas, murmura-t-il en lui prenant la main. Vous avez frappé à la bonne porte, toi et ta famille. Maintenant que vous êtes parmi nous, tout va s'arranger…

— Si tu le dis, répondit-elle en risquant un timide sourire.

Les carillons de quinze heures retentirent. C'était un enregistrement diffusé par haut-parleurs, car il n'y avait pas d'église à la Nouvelle-Arkham.

James se leva.

— Il faut que j'y aille, j'ai mon cours « les sagesses d'Orient et d'Occident » qui commence dans cinq minutes. Tu veux venir ?

— Hum, grommela Kim, ça m'étonnerait que mon père me laisse m'inscrire à un nouvel atelier. On est un peu ric-rac question finances depuis la vente de notre maison… Et puis, ça a l'air barbant ton truc, non ?

— Détrompe-toi, c'est passionnant.

Il fouilla dans son sac et en sortit un livre.

— Tiens, tu devrais jeter un œil là-dessus.

Kim attrapa le bouquin au vol. Examinant la couverture, elle lut *Symbolisme des civilisations,* par Philip Lovejoy.

— Tu verras, on y apprend plein de trucs.

— Je le lirai, promis.

James lui fit un dernier signe de la main accompagné de son sourire ravageur, puis il s'éloigna à petites foulées.

5

Au même moment, le père et le frère de Kim se trouvaient au milieu d'une pelouse, de l'autre côté du square. David, en équilibre sur une jambe, s'apprêtait à effectuer son dixième lancer consécutif.

— Vas-y, champion !

La balle fendit l'air et…

— Faute ! cria Andrew en l'interceptant.

Exaspéré, David souffla vers le haut, soulevant quelques cheveux de sa frange. Andrew lui renvoya la balle, puis il se remit en position, le manche de sa batte fermement tenu à deux mains.

— Tu dois me la lancer ici, entre les genoux et les aisselles, si tu veux réaliser un *strike*… Il y a des coutures sur le côté. Tu peux t'en servir pour donner de l'effet à ton coup. Pigé, champion ?

David grommela une réponse avant de lancer la balle… trop bas à nouveau !

— Faute ! Allez, essaye encore.

— J'en ai marre ! explosa le petit garçon. Ce jeu est nul !

— Te décourage pas, champion.

— Et arrête de m'appeler comme ça.

— Mais avant, tu adorais quand…

— C'était avant. J'vais aux toboggans.

David jeta sa casquette dans l'herbe et fit volte-face. Un nœud dans la gorge, Andrew le regarda marcher jusqu'à l'aire de jeux, d'où provenaient les rires des enfants juchés sur des tourniquets ou des balançoires. *Il a vraiment changé...*

Il ramassa la casquette, le cœur lourd, puis se laissa tomber sur un banc, la batte de base-ball posée en travers des genoux. Presque aussitôt, un homme au crâne lisse et chauve vint s'asseoir à côté de lui.

— Pas facile les premiers temps, hein ?

— Hein ? répéta Andrew, surpris.

— Pardonnez-moi, je ne me suis même pas présenté, répondit l'autre en tendant la main. Alan Spector. C'était moi qui jouais de l'orgue à la résurrection de votre fils.

— Ah ? Ah, oui, je vous reconnais...

Andrew serra la main tendue. Jean-Sébastien Bach s'était sans doute retourné dans sa tombe à cause de ce type, mais ce n'était pas une raison pour se montrer impoli.

— Enchanté, monsieur Spector.

L'organiste tourna la tête en direction de David.

— Appelez-moi Alan. Comment ça se passe avec le petit ?

C'était plutôt direct comme entrée en matière. Andrew faillit lui dire de s'occuper de ses affaires, mais il se ravisa. L'espace d'un instant, il avait oublié qu'il était à la Nouvelle-Arkham, une ville où chaque habitant semblait se soucier de son voisin comme s'il faisait partie de sa propre famille.

— Hum, ça se passe bien... Enfin, il doit se réhabituer à nous et vice versa...

— Je vois. J'ai connu ça, moi aussi, avec Lisa, ma femme.

— Vraiment ?

— Oui, sauf qu'elle n'a jamais réussi à se réhabituer.

Aux trémolos de sa voix, on devinait qu'il évoquait un sujet encore douloureux. Il marqua une pause, craignant peut-être de se laisser déborder par ses émotions.

Un oiseau se posa tout près du banc et commença à picorer le sol.

Andrew ne savait pas quoi faire. Devait-il essayer de reprendre le fil de la conversation ou bien passer à autre chose ? Il avait parfois du mal à saisir la psychologie locale.

— Elle est morte une première fois d'une leucémie, il y a deux ans, déclara Spector sans avoir besoin qu'on le relance. Le professeur Garland l'a clonée, mais… ce n'était pas pareil, vous comprenez ce que je veux dire ?

— Je crois.

— On n'avait plus la même complicité qu'avant… Vous auriez mis ma femme dans une salle avec deux cents sosies, je l'aurais reconnue du premier coup, sans hésiter. Le clone de Lisa était une très gentille personne… seulement ce n'était pas *ma* Lisa.

Andrew opina. Tout en écoutant Spector, il suivait des yeux son fils. David courait entre deux toboggans, rigolant et criant comme les autres enfants.

Est-ce bien David ? songea Andrew. *Plus précisément : est-ce bien le David que j'ai élevé et aimé jusqu'à l'âge de dix ans ? Il est peut-être temps d'arrêter de se voiler la face. Le nouveau David ressemble comme deux gouttes d'eau à son jumeau mort, mais…*

Andrew avala sa salive péniblement. Plongeant son regard dans celui d'Alan Spector, il risqua :

— Vous parlez du clone de votre femme au passé…

— Parce qu'elle est morte, termina le musicien. Pour de bon, cette fois.

— Que… Comment ?

— Elle se doutait de quelque chose. Cette histoire de coma prolongé, ça lui paraissait bizarre. Elle a voulu demander des explications à Garland. Elle a pris rendez-vous avec le « grand manitou » en cachette, sans m'en parler. Je suppose que ça s'est mal passé. C'est en revenant de cette entrevue qu'une voiture l'a fauchée, pas très loin d'ici d'ailleurs.

— Mon Dieu…

— Elle n'a pas été tuée sur le coup. Un voisin m'a prévenu. J'ai accouru et j'ai pu recueillir ses dernières paroles *in extremis,* juste avant qu'elle ne passe de vie à trépas… Elle ne voulait pas qu'on la « ressuscite » encore une fois. Ce fut son ultime volonté. Elle avait compris qu'elle n'était pas la Lisa d'avant, celle qui avait un vrai passé, de vrais souvenirs ; pas des images plaquées, artificielles, qu'on se forge dans la tête à partir de photos ou de vieux films.

— Je suis désolé.

— Je suis sûr que ce n'est pas un accident. Garland tient à ce que les clones ignorent leur origine. Il nous fait tous vivre dans le mensonge.

Spector se raidit. Un tic nerveux fit tressaillir son cou.

— Qu'est-ce qui vous retient à la Nouvelle-Arkham ? questionna Andrew. Vous pourriez partir, maintenant que vous êtes seul, non ?

Spector secoua la tête.

— Garland et sa clique ont peur que je divulgue quelques-uns de leurs petits secrets à l'extérieur. Toutes les semaines, ils trouvent un nouveau prétexte pour repousser mon départ. Cela fait des mois que ça dure. Je suis prisonnier ici. Nous le sommes tous, d'ailleurs.

— Excusez ma franchise, Alan, mais pourquoi est-ce que vous me racontez tout ça… à moi ?

— Parce que vous êtes arrivé récemment. Je me suis dit « avec un peu de chance, il n'a pas encore été contaminé celui-là, il n'a pas encore gobé tout leur prêchi-prêcha ».

— Prêchi-prêcha ?

— Leur philosophie *new age* ! Le retour aux vraies valeurs et tout le tremblement ! Croyez-moi, il se trame des trucs pas clairs dans les parages…

L'organiste se leva un peu brusquement, et Andrew eut un sursaut involontaire.

— Je m'en vais. Il vaut mieux qu'on ne nous voie pas discuter ensemble trop longtemps.

Les deux hommes échangèrent une poignée de mains rapide.

— Je serai là demain, entre midi et treize heures, dit le musicien. Je serai ravi de reprendre cette conversation, dans le cas où vous auriez envie d'en savoir un peu plus... Sinon, je vous conseille de garder tout ça pour vous.

Andrew allait dire quelque chose, mais son fils revenait déjà en courant vers le banc, les cheveux au vent.

Spector s'éloigna à grandes enjambées, la tête baissée, et disparut derrière le kiosque à musique.

6

Le soir, durant le dîner, une dispute éclata entre Andrew et sa femme. Depuis quelque temps déjà, la crise était latente. Geena suivait un régime végétarien spécialement concocté par maître Thornhill, son professeur de yoga. Solidaires, les autres membres de la famille avaient arrêté de manger de la viande. Kim se pliait à ces restrictions de bonne grâce, car elle envisageait depuis longtemps de se convertir au végétarisme. David n'avait pas d'avis sur la question. En fait, c'était Andrew qui souffrait le plus de ce nouveau mode d'alimentation. Il repensait avec nostalgie aux steaks juteux et aux travers de porc qu'il faisait jadis griller dans son jardin de Santa Monica.

Quand, ce soir-là, Geena parla de son projet de les initier à l'instinctothérapie, l'air autour de la table se chargea d'électricité.

— L'instincto quoi ? grimaça Andrew.

— L'instinctothérapie, chéri. C'est un retour à une alimentation vraiment saine. En gros, on ne mange plus que des produits cent pour cent naturels, sans assaisonnement ni cuisson.

— Sans cuisson ?

— Oui, crus, si tu préfères.

— Non merci. Je ne préfère pas.

Le nez dans son assiette, Andrew picorait ses derniers grains de maïs à coups de fourchette rageurs. Geena connaissait bien cette attitude, qui traduisait plus que toute autre l'irritation de son mari. Celui-ci avait horreur des conflits et, dès que le ton commençait à monter, il se fermait comme une huître.

— Laisse au moins maman s'expliquer, plaida Kim.

— Je connais déjà toutes ces conneries de diététicien, répliqua-t-il.

— La nourriture traditionnelle agit sur nous comme une drogue, exposa Geena en essayant de conserver son calme. On est esclaves de notre gourmandise et on nie les besoins de notre corps. Avec l'instinctothérapie, on est davantage à l'écoute de nos vraies exigences, de nos stimuli, et donc on élargit notre univers sensoriel.

Andrew émit un ricanement sarcastique :

— Tu as bien retenu ta leçon, bravo. Seulement, désolé, je ne suis pas convaincu. Manger des légumes, c'est le maximum que je puisse faire. Alors, si en plus il faut les bouffer crus… C'est… C'est de l'intégrisme !

Le regard de David allait de son père à sa mère. On aurait dit qu'il suivait un match de tennis.

— Tu vois, cracha Geena. Tu es drogué. Tu es l'esclave de tes habitudes alimentaires.

— Drogué ? C'est pas moi qui prends des pilules avant et après chaque repas !

— Ce sont des vitamines A, B, C, D et E, prescrites par mon médecin !

Elle poussa un long soupir.

— Tu es vraiment égoïste… Tu pourrais faire un effort. David a bien réussi à arrêter de manger ses ChocoSplash pleins de sucre, lui !

Andrew eut envie de lui répliquer que David n'avait pas eu de mal à arrêter puisqu'il n'avait jamais commencé, mais les mots ne franchirent pas la limite de ses lèvres.

— Tu mélanges tout, dit-il simplement.

Il se tourna vers ses enfants :

— Qu'est-ce que vous en pensez, vous autres ?

— Ben… j'aime bien l'assaisonnement dans ma salade, marmonna Kim.

— Et moi, j'aime bien les hamburgers, compléta son frère.

Il y eut un silence épais.

— Parfait, dit Geena, les larmes aux yeux. Puisque tout le monde est contre moi, n'en parlons plus.

Elle quitta la table, et l'on entendit des bruits de vaisselle entrechoquée provenant de la cuisine.

— Elle a l'air en colère, fit timidement David. J'ai dit une bêtise ?

— Non, ne t'inquiète pas, répondit Andrew. Les grandes personnes se disputent parfois, mais tout finit par s'arranger.

Le petit garçon hocha la tête, cependant son regard restait emprunt de gravité.

— Tout finit toujours par s'arranger, répéta son père comme s'il prononçait un mantra.

C'était la nuit.

Andrew avait beau se caler dans toutes les positions, bien décidé à s'abandonner au sommeil, celui-ci gardait obstinément ses distances. Plusieurs facteurs expliquaient cette nervosité. D'une part, il était contrarié par la dispute avec sa femme, et il affûtait ses arguments en cas de contre-attaque (il n'avait jamais vu quelqu'un d'aussi têtu que Geena… à part Kim peut-être !). D'autre part, il ne cessait de se repasser en boucle la discussion avec Alan Spector. Les paroles de ce mystérieux personnage avaient fait mouche : « On n'avait plus la même complicité… » ; « Ce n'était pas *ma* Lisa. »

Les mains derrière la tête, les yeux fixes, Andrew regardait le plafond qui se zébrait parfois de traînées jaunes psychédéliques lorsqu'une voiture aux phares allumés passait dans la rue.

David possède sa propre personnalité... Cela ne sert à rien d'essayer de lui faire jouer le rôle de son frère.

Tout d'un coup, il réalisa que son premier fils était bel et bien mort. Pour toujours. Il n'y aurait pas de David *bis* ou de David 2. *Pas de seconde chance ; pas de séance de rattrapage.*

Il se mit à pleurer silencieusement.

Il aurait voulu en discuter avec Geena, mais elle dormait. Ils s'étaient éloignés, lui et sa femme. Impossible de le nier. Ils n'arrivaient plus vraiment à se parler. Sans doute avaient-ils porté trop longtemps leur part de chagrin chacun dans son coin.

Andrew se sentait plus seul que jamais. Il pleura longtemps, reniflant aussi discrètement que possible. Comme le flot ne se tarissait pas, il se leva et s'enferma dans la salle de bains. Assis sur le rebord de la baignoire, la tête entre les mains, il continua de sangloter. Il revoyait ce jour où il avait emmené David au Marineland de San Diego (Geena et Kim étaient retenues à L.A. pour une raison quelconque). Le petit garçon avait adoré les orques. Il riait comme un fou à chaque fois que les énormes mammifères éclaboussaient la *splash zone* en retombant lourdement dans l'eau. Puis Andrew avait acheté une glace à David. Il se souvenait du parfum : chocolat. En fait, il se rappelait de tout, même de la couleur du ciel : un bleu laiteux, dont la monotonie était brisée par des petits nuages qui s'effilochaient. Il ne s'était rien passé de spécial durant cette journée, mais avec le temps elle prenait un relief particulier. Il l'exhumait avec d'infinies précautions, comme un archéologue retire de la terre un fossile précieux. C'était une journée heureuse, tout simplement. Une journée parfaite.

Les hoquets s'espacèrent. Andrew se sentait vidé.

Le passé était derrière lui. Il devait songer à David, son autre fils, celui qui était encore de ce monde.

Séchant ses larmes, il prit une profonde inspiration.

Kim avait raison... On a fait une connerie. Maintenant, il s'agit de limiter les dégâts. Il faut qu'on aime notre nouvel enfant pour lui-même, et pas pour l'image qu'il nous renvoie...

Sa gorge se noua, et de nouveau les larmes affluèrent.

7

Him avait son atelier à dix heures.

Elle arriva en retard de cinq minutes, juste ce qu'il fallait pour éviter de discuter avec James dans les vestiaires. Elle était bouleversée. Elle avait passé une fort mauvaise nuit et se sentait nauséeuse. Tout ça à cause de James ! Ce dernier lui adressa un signe amical quand elle fit son entrée. Elle y répondit par un sourire factice.

Kim se revoyait encore parfaitement, la veille au soir, allongée sur son lit, en train d'ouvrir la première page de ce bouquin qu'il lui avait prêté. Elle avait pris une photo posée sur sa table de nuit (le cliché montrait Cindy et Jessica, ses deux meilleures copines de L.A.) pour s'en servir de marque-page. Dès la page 4, elle était tombée sur un passage troublant :

> Si l'on suit l'évolution du Teuton tout au long de l'histoire médiévale et moderne, il est impossible de ne pas reconnaître sa supériorité biologique. Dans des endroits extrêmement éloignés les uns des autres ainsi que dans les conditions les plus diverses, ses qualités raciales innées lui ont permis d'asseoir sa domination. Il n'existe pas une seule ramification de la civilisation moderne qui n'ait été, à la base, son œuvre. Au moment où s'évanouissait la puissance

romaine, ce furent les Teutons qui envoyèrent en Gaule, en Italie et en Espagne les éléments qui sauvèrent ces pays d'une totale destruction.

Passé cette introduction historique, le livre traitait de mythologie, consacrant des chapitres entiers à Thor, Wotan, Freyr (« ces géants au regard bleu et glacé, qui seuls méritent l'adoration d'un peuple conquérant »). La musique de Wagner était analysée vers la fin de l'ouvrage, lequel se concluait par ce paragraphe :

> La science nous démontre la supériorité infinie des Aryens teutoniques sur tous les autres, et il faut faire en sorte que cette ascendance reste toujours évidente.

Une merde raciste ! Il avait osé lui passer un bouquin de propagande de la pire espèce ! Comment un garçon apparemment intelligent et sensible comme James pouvait-il avaler de telles fadaises ?

Un doute horrible s'était insinué en elle. Est-ce qu'il y a des Noirs, à la Nouvelle-Arkham ?

Sa mémoire avait passé en revue la foule des visages dans le grand amphithéâtre… Aucun Noir. Aucun Asiatique, aucun Indien, aucun Nord-Africain…

Entrant dans la grande salle du gymnase d'une démarche fébrile, elle regarda autour d'elle, le cœur battant. Le prof, les élèves… Tout le monde était blanc. Elle inspira, mal à l'aise.

— Bien, nous allons pouvoir commencer, annonça maître Xander. Aujourd'hui, nous tenterons d'atteindre le stade alpha, qui est l'étape ultime du « rêve lucide ». Dès la semaine prochaine, nous passerons à la vitesse supérieure avec le rêve oméga, qui vous permettra d'explorer vos vies antérieures ; vous êtes partants ?

— Oui, maître, répliqua le chœur des voix.

— Très bien. Fermez les yeux, à présent, pour que le rêve alpha vienne en vous.

Rideau.

Kim se réveilla dans un état de contrariété avancé. Le stress l'avait empêchée de prendre le contrôle de son rêve (elle errait dans un labyrinthe, poursuivie par une silhouette menaçante), et elle était sortie de ce cauchemar le souffle court, le dos moite. Pas de stade alpha à l'horizon.

— Je te raccompagne ? questionna James, tout sourire, à l'issue de cette pénible séance.

— Si… si tu veux, balbutia Kim.

James possédait sa propre voiture, une antique Buick rouge vif, spirituellement immatriculée GZUSAVS (prononcer « *Jesus save us*[1] »). Le véhicule était recouvert de plaies et de bosses sur une bonne longueur de sa carrosserie.

— Bon, d'accord, c'est un tas de ferraille, concéda le jeune homme en interprétant le regard interdit de son amie. Mais je t'assure qu'elle roule !

Ils montèrent dans la voiture qui, contre toute attente, démarra du premier coup. La Buick eut un hoquet au moment de la marche arrière et elle recula en vibrant, mais une fois lancée elle roulait plutôt bien. Le moteur tournait avec un bruit doux, presque soyeux.

Sans un mot, l'adolescente sortit le livre de son sac et le jeta sur les cuisses du conducteur.

— Tu l'a lu ? questionna négligemment James.

— Parcouru seulement. Et ça ne m'a pas plu, dit-elle en s'enfonçant dans son siège.

— Ha ?

Il était temps de crever l'abcès. D'une traite, Kim expulsa :

— J'ai trouvé ce bouquin nul et raciste. Tu te considères comme un aryen teutonique ?

— Ben… Comme un de leurs descendants, ouais.

— C'est complètement idiot.

— Hum, je vois, marmotta son ami sans quitter la route des yeux. Tu fais partie de ces gens contaminés par le discours ambiant.

1. « Jésus sauve-nous ».

— Précise ta pensée.

James serra les lèvres.

— De nos jours, plus personne ne peut avancer l'idée que les races sont différentes sans se faire huer, voire persécuter, affirma-t-il en se passant nerveusement la main dans les cheveux. Tout ça à cause des marxistes et de leur foutu dogme égalitariste !

Il parlait sur un ton exaspéré. Ses traits d'habitude si harmonieux se déformaient sous l'effet d'un rictus presque grimaçant. Il soupira, dégoûté :

— Tout le monde est d'accord pour reconnaître qu'il y a des différences entre les hommes et les femmes, alors pourquoi pas entre les races ?

— Être différent ne veut pas dire « supérieur » ou « inférieur », riposta Kim.

— C'est ce que la morale politiquement correcte aimerait nous faire croire… Mais dis-moi en face que tous ces Noirs fainéants qui traînent dans les rues et vendent de la drogue sont aussi bien que nous.

— Pfff, cracha-t-elle. Voilà pourquoi il n'y a pas de Noirs ici, je suppose ? Ils ne sont pas assez bien pour avoir droit aux « miracles » du professeur Garland, hein, c'est ça ?

James mit son clignotant et changea de voie d'un coup brusque. Il ricana avec mépris :

— Les nègres se reproduisent comme des lapins. Tu ne voudrais pas qu'on les clone, en plus ?

— Dépose-moi, s'il te plaît.

— Pas tout suite. J'ai dit que je te ramenais chez toi.

— Dépose-moi !

— Non.

Kim sentait son cœur s'emballer. Elle avait l'impression que la partie supérieure de son visage bouillait littéralement, comme si la ventilation de la Buick s'était mise à lui souffler de l'air chaud dans la figure. Elle essaya de se calmer, mais, quand la voiture dépassa Armitage Street sans s'arrêter, elle sentit un trou noir se former dans son estomac pour y aspirer tous ses organes.

— Hé, c'était à droite chez moi !

— Je sais.

James appuya sur l'accélérateur. Son visage était impavide maintenant, et ce masque se révéla encore plus effrayant que sa colère butée de tout à l'heure. D'une main, il composa un numéro sur son persoc :

— J'arrive avec quelqu'un, dit-il froidement.

Sa passagère cria :

— Laisse-moi descendre, espèce de salaud !

Elle appuya sur la poignée de la portière. Bloquée.

— Arrête-toi ! hurla-t-elle, sa peur se muant en terreur.

— Tu m'as beaucoup déçu, Kimberley, répondit le jeune homme en secouant tristement la tête. J'avais de grands projets pour toi.

Les deux côtés de la rue défilaient à toute allure.

Bon sang, calme-toi, ma vieille, se sermonna Kim. *Change de tactique.*

— Je suis désolée si je t'ai blessé, balbutia-t-elle. Je... je comprends ton point de vue. C'est juste que... je n'ai pas l'habitude de ce genre de...

— Te fatigue pas, on arrive.

Il prit un virage serré et le bâtiment apparut : long, très clair, doté de nombreuses baies vitrées, comme si son architecte avait voulu signifier « nous n'avons rien à cacher ».

La clinique du professeur Garland.

James freina. Deux hommes en blouse blanche jaillirent de l'entrée réservée au personnel. Ils poussaient un brancard monté sur roulettes, et leur figure n'était pas sans rappeler celle des hommes en rouge. Les portières claquèrent en résonnant très fort dans la tête de Kim.

— Non ! hurla-t-elle, crachant, griffant, pareille à un chat sauvage déchaîné. Lâchez moi !

Elle donna un coup de poing à James. Celui-ci lâcha son précieux livre en poussant un grognement. Kim aperçut la photo de ses copines qui s'échappait d'entre les pages ouvertes.

Cindy ! Jessica !

— Amenez-la au bloc 1, ordonna James.

— Non ! Vous n'avez pas le droit de…

Elle sentit une piqûre à la base de son cou et, l'instant d'après, elle bascula sur le brancard, flasque et sans volonté. *Oh mon Dieu…* Blang ! Le chariot poussa les deux battants de la porte comme un bélier. Les néons qui défilaient au plafond. Ils s'imprimaient sur sa rétine de manière intermittente. *C'est pas possible… Je suis en train de rêver !*

— Bien sûr que vous rêvez, Kimberley, assura la voix chaude de maître Xander.

Elle ouvrit les yeux, le cœur battant à tout rompre, l'échine frigorifiée par une mauvaise sueur.

— Mon Dieu, quelle horreur, souffla-t-elle, encore sous le choc.

Elle pleurait.

— Tout va bien, mon enfant.

Soudain, elle lâcha un cri.

— Ahhh !

Du doigt, elle montrait James, qui se tenait légèrement derrière Xander.

— Ne le laissez pas m'approcher, supplia-t-elle en se blottissant dans les bras du maître.

Le garçon recula. Il paraissait sincèrement surpris, voire chagriné.

— James est resté avec moi parce que vous nous avez fait une belle frayeur, expliqua Xander.

— Où… où sont les autres élèves ? bredouilla Kim en constatant qu'il n'y avait plus personne dans le gymnase.

Elle tremblait de tous ses membres.

— Quand j'ai compris que vous étiez entrée dans une transe très profonde, j'ai préféré renvoyer mes disciples chez eux. J'ai pu ainsi me consacrer entièrement à votre cas. James a voulu rester avec moi malgré mes protestations. Il était très inquiet, vous savez ? Et moi aussi. Je n'ai jamais vu quelqu'un réagir aussi fort au rêve alpha.

Le jeune homme coassa :

— Je… j'ai cru que tu n'allais jamais te réveiller.

Ses yeux brillaient d'émotion. Soit il était un comédien d'exception, soit…

— J'ai vraiment rêvé tout ça ? risqua l'adolescente.

Xander fit oui de la tête. Il caressa les cheveux de Kim.

— Tout va bien, Kimberley, je vous assure…

— Mais… Et le livre ?

— Quel livre ?

Elle regarda James avec intensité.

— Ce livre raciste que tu m'as prêté !

— C'est quoi ce délire ? Je ne t'ai prêté aucun livre, je te le jure !

Xander demanda doucement :

— Vous voulez bien nous raconter votre rêve, Kimberley ? Peut-être que nous y verrons plus clair après cela ?

Elle acquiesça. Elle avait besoin de s'éclaircir les idées, elle aussi. Pour l'instant, son cerveau lui faisait l'effet d'une masse cotonneuse, grise, confuse, traversée d'éclairs fourchus.

— Nous vous écoutons, mon enfant, dit le maître en lui effleurant la joue de l'index.

Elle dévoila toute l'histoire d'une traite : le livre, le cours, James et sa vieille Buick (« Je n'ai même pas de voiture ! », s'indigna le garçon), la dispute, la clinique… À la fin, elle était un peu essoufflée, mais soulagée également.

— Très intéressant, fit maître Xander.

Perdu dans ses pensées, il gratta sa barbe durant quelques instants avant d'ajouter :

— Je vois dans ce rêve une métaphore de votre relation avec James. De cette relation, ou plutôt de la force grandissante des sentiments que vous éprouvez pour ce jeune homme… Tout cela vous fait peur, je me trompe ?

— Je… je ne sais pas.

— Inconsciemment, vous redoutez de quitter définitivement l'enfance pour l'âge adulte. Car aimer, cela signifie aussi devenir une femme…

— Je ne suis pas pressé, moi non plus, s'empressa de préciser James. On a tout le temps devant nous, ne t'inquiète pas.

Il lui sourit. Ce sourire adorable, qu'elle aimait tant.

— Vraiment, hoqueta-t-elle, je ne sais plus quoi penser. Je ne sais plus où j'en suis.

— Je crois que vous feriez mieux de rentrer chez vous pour vous reposer un peu, et réfléchir tranquillement, conseilla l'adulte.

— Tu veux que je te raccompagne ? commença James.

Il réalisa sa bévue et poursuivit rapidement.

— À pied, bien sûr !

— Non, merci, répondit-elle d'une voix basse et hésitante. Je préfère marcher un peu toute seule.

— Pas de problème, fit le garçon, la paume des mains en avant.

Mais on pouvait lire dans ses yeux qu'il était blessé…

8

Andrew acheta un hot dog à un vendeur ambulant sur les coups de midi et demi. Il marcha dans le square, avalant une bouchée par-ci par-là. Il n'y avait pas foule aujourd'hui : un couple d'amoureux se tenant la main, un vieux monsieur qui donnait à manger aux oiseaux, deux femmes en train de discuter pendant que leurs enfants chahutaient sur un tourniquet. Pas d'hommes en rouge. Pour l'instant.

Andrew s'assit sur le même banc que la veille. Il termina son hot dog, roula le papier en boule et le jeta dans la poubelle la plus proche. Il était en train de lécher la moutarde sur ses doigts quand une voix familière lui demanda :

— Vous avez du feu ?

C'était Alan Spector, une cigarette coincée entre l'index et le majeur.

— Heu, je ne fume pas, mais je dois avoir une vieille boîte d'allumettes quelque part, attendez…

Il fouilla dans ses poches.

— Tenez, dit Andrew en extirpant les allumettes de son blouson.

— Merci.

Spector prit place à côté de lui et alluma sa cigarette. Il tira une première et longue bouffée, puis recracha la fumée, jetant des coups d'œil attentifs aux alentours.

— Dans cette ville, ce n'est pas très bien vu de fumer, grommela-t-il. Ni de boire de l'alcool.

— Je sais, opina Andrew. Les bières coûtent une fortune. Je dois avouer que c'est assez dissuasif.

Le couple d'amoureux passa devant eux. Le garçon murmura quelque chose à l'oreille de la fille, qui éclata de rire. Elle se mit à courir, riant toujours aux éclats, son petit ami sur les talons. Andrew amorça un sourire mélancolique. Il enviait l'insouciance de ces jeunes gens.

— Hier, vous m'avez dit qu'il se mijotait des trucs pas clairs dans les parages, rappela-t-il. Qu'est-ce que vous sous-entendez ?

— Je ne sous-entends rien du tout, j'affirme ! Garland et ses hommes nous tiennent muselés. Dès qu'il y a un foyer de contestation quelque part, vous pouvez être certain qu'il est étouffé la semaine suivante. Les gens disparaissent ou deviennent dociles comme des agneaux, parfois du jour au lendemain. Certains ont des accidents malencontreux, comme Lisa…

Sa voix s'était un peu étranglée sur la dernière partie de la phrase. Il reprit :

— Nous sommes plusieurs à avoir remarqué ce… ce totalitarisme douceâtre, ou appelez ça comme vous voudrez. Nous avons formé un comité de vigilance et nous sommes à la recherche de nouvelles recrues. Vous voulez nous rejoindre ?

— Qui vous dit que je ne suis pas une taupe au service de Garland ?

— C'est moi qui suis venu vous parler.

— Et qui me dit que vous n'êtes pas un sbire de Garland en train de tester ma loyauté ?

— Rien, en effet. Mais si j'étais l'un de ses sbires, je ne me serais pas amusé à semer le doute dans votre esprit, hier, au sujet du clonage. N'oubliez pas que le discours officiel, c'est « clonage égale résurrection ».

Spector écrasa son mégot sous le talon de sa chaussure. Il ajouta dans un soupir :

— Nous avons besoin de grossir nos effectifs. Pour l'instant, le comité ne peut rien faire. Nous sommes trop peu nombreux…

— Vous êtes combien ?

— Plus que cinq, malheureusement. L'une des nôtres s'est suicidée il y a quelques semaines.

— Une dame qui s'est ouvert la gorge ? C'est ça ?

— Oui. Mme Dubravsky. Elle travaillait dans les bureaux, à la clinique. Elle avait réussi à glaner pas mal d'informations intéressantes…

— Le docteur Tinkle m'a dit que son mari était mort.

— Exact. C'était un clone, comme Lisa, comme votre fils. Quand il a découvert par hasard qu'il n'avait pas soixante ans de vie derrière lui, mais seulement quelques mois, ça l'a secoué. Pensez donc : on ne peut pas exiger d'un clone à peine sorti de sa matrice qu'il possède la maturité émotionnelle d'un adulte qui a aimé, vécu, espéré et souffert pendant des décennies. Ils prennent tout dans la gueule, les pauvres. Certain supportent le choc, d'autres pas. M. Dubravsky s'est pendu.

Il baissa le ton car deux hommes en rouge approchaient.

— Changeons de sujet, voulez-vous ?

— Oui, bien sûr

Andrew réfléchit trois secondes avant de lancer :

— Vous savez où je peux trouver du papier peint, par ici ?

— Il y a le magasin de décoration, sur Commerce Street, qui est très bien…

Les hommes en rouge passèrent devant le banc, la main sur leur matraque.

— Merci du conseil, fit Andrew en hochant vigoureusement la tête.

— De rien, mon vieux.

Un léger silence, puis :

— Faut se méfier de ces types-là, reprit Spector, une fois les vigiles éloignés. Ils ont tous été clonés à partie du même individu : le garde du corps personnel de Garland.

— Hein ?

— Il paraît que c'est un ancien des commandos Delta Force. Il appartenait au corps expéditionnaire US qui est parti en Afghanistan en 2001, en Irak en 2003 et au Pakistan en 2006. Garland lui aurait sauvé un bras ou une jambe, je ne sais pas trop, et depuis il le suit partout comme un petit chien. Il considère qu'il a une dette envers lui.

Voilà donc pourquoi les hommes en rouge se ressemblent tant, pensa Andrew.

Spector se leva.

— Nous avons une réunion, demain soir, à vingt heures, au Gene's Bar. Si vous venez, demandez à jouer au billard français. C'est notre signe de reconnaissance. Le patron nous couvre.

— C'est où le Gene's Bar ?

— Sur McCarthy Street.

Spector s'éloigna dans la direction opposée à celle des hommes en rouge. Ces deux derniers avaient fait demi-tour et revenaient sur leurs pas. Andrew sentit un étau invisible lui broyer la poitrine. Est-ce qu'ils avaient capté la partie la plus compromettante de leur conversation ? Il se leva à son tour et sortit du square en marchant aussi vite que possible. Quand il osa enfin jeter un regard derrière lui, l'angoissant duo avait disparu.

9

Andrew passa prendre son fils à la sortie du cours d'anglais. Il avait dans l'idée de faire quelques courses avec David. Si l'on voulait vraiment différencier le petit clone de son frère décédé, lui acheter de nouveaux vêtements paraissait un bon commencement. En flânant devant les vitrines, l'attention de David se porta sur un T-shirt bicolore zippé, un sweat-shirt avec capuche et poche kangourou, ainsi qu'un bob vert fluo.

— Alors, ça te plaît ? avait demandé Andrew, surpris.

— Ouais, ils sont trop bien.

Andrew paya en liquide.

— Vous n'avez pas de carte jaune ? s'étonna le vendeur.

Quand Geena vit débarquer son fils à la maison, dans sa nouvelle tenue, elle parut un peu contrariée, mais s'abstint de tout commentaire. *Le calme avant la tempête*, songea Andrew. Il n'était pas dupe (un sixième sens acquis durant des années de vie commune), et pressentait l'orage qui grondait. Celui-ci finit par éclater quelques heures plus tard, après le dîner, une fois les deux parents montés dans leur chambre.

— Pourquoi lui as-tu acheté ces vêtements horribles ? grinça Geena en posant une plaquette de pilules et un verre d'eau sur sa table de nuit, à côté d'un ouvrage intitulé *Mieux se connaître grâce aux plantes.*

Andrew était déjà couché. Il se redressa sur les coudes et tourna la tête pour la regarder.

— Horribles ? fit-il, les sourcils haussés.

Geena se glissa sous les draps. Elle semblait furieuse.

— Tu vois très bien ce que je veux dire, rétorqua-t-elle. Tu fais ça pour me contrarier, hein ?

— Pas du tout.

— Ces couleurs fluo, c'est tellement agressif. Je trouve que ça lui donne un mauvais genre.

Andrew soupira :

— Écoute, il grandit, c'est normal qu'il ait envie de s'habiller à la mode.

— Mais il n'était pas comme ça, avant !

— Voilà au moins un point sur lequel nous sommes d'accord.

Geena s'insurgea :

— Ce n'était pas censé se passer comme ça ! Je veux que tout redevienne comme avant ! Nous avons payé pour ça !

Elle fondit en larmes, assise sur le lit, la tête ramenée contre les genoux.

— Il a tellement changé, hoqueta-t-elle.

Andrew la prit dans ses bras. Il ne savait pas comment lui présenter les choses. Attendant que la crise se passe, il caressa les cheveux de sa femme, la berçant comme un jeune enfant.

— Je comprends ce que tu ressens, dit-il, la gorge serrée. Je suis passé par là, moi aussi. C'est dur, mais il faut que nous acceptions certaines vérités.

— Par exemple ? coassa-t-elle en levant ses yeux rougis.

— Avec le petit, on a fait fausse route depuis le début. Il n'est pas comme notre David. Il ne le sera jamais.

Voilà, il l'avait dit. C'était sorti.

— Mais… pourtant c'est lui, balbutia Geena. *C'est bien lui.*

Andrew secoua la tête négativement.

— Non ; ça c'est ce que Garland, Tinkle et les autres aimeraient bien nous faire croire… David est un clone, un jumeau génétique. Cela n'a rien à voir avec une résurrection, une réincarnation ou que sais-je encore… Regarde au fond de toi, et tu sauras où est la vérité, ma chérie.

— Je… je ne sais plus où j'en suis, dit-elle en reniflant. Tout paraissait tellement plus simple, autrefois.

Andrew prit sa femme par les épaules et plongea son regard droit dans le sien.

— On ne peut pas continuer à façonner David d'après l'image de quelqu'un d'autre, déclara-t-il d'une voix sourde. Je t'assure que ça ne lui fera aucun bien. Et à nous non plus. Nous devons le laisser développer sa propre personnalité. C'est la seule façon de sauver ce qui reste de notre famille.

Geena s'essuya le visage d'un revers de la main.

— Tout est tellement confus dans ma tête, gémit-elle.

Elle fit tomber trois pilules dans sa paume et les avala à l'aide d'une bonne lampée d'eau. Andrew grimaça :

— Les choses seraient peut-être moins confuses si tu arrêtais de prendre ces trucs.

— Sois gentil. J'en ai besoin.

Son visage avait quelque chose de lugubre et il y avait tant de tristesse dans ses yeux qu'Andrew choisit de ne pas rendre les choses plus difficiles. Pour ce soir, en tout cas…

— Fais comme tu veux, dit-il.

Il serra Geena contre lui. Il pouvait sentir le rythme de son cœur qui ralentissait à mesure qu'elle se calmait. Bientôt, elle s'endormit. Andrew éteignit la lumière et resta longtemps les yeux ouverts, dans le noir.

Isolée dans une bulle sonore 3D stéréo, Kim écoutait en boucle le nouveau single des *Brain Damage.*

Elle passait en revue les dernières vingt-quatre heures. Qu'est-ce qui appartenait au rêve ? Qu'est-ce qui appartenait à la réalité ? Il était extrêmement difficile de faire la part des choses.

Le livre raciste ? Un rêve, apparemment. En tout cas, elle ne se souvenait pas avoir croisé des Noirs ou des Asiatiques dans les rues de la Nouvelle-Arkham… Quelle conclusion fallait-il en tirer ? La dispute entre ses parents, au sujet de la nourriture ? Hum, cela semblait bien réel.

Elle se frotta les yeux. Elle tombait de sommeil. Machinalement, son regard se posa sur sa table de nuit, et elle eut l'impression qu'on lui envoyait une décharge d'électricité dans le cerveau. Elle faillit crier. La photo de ses copines, Cindy et Jessica, n'était pas à son emplacement habituel.

Elle avait disparu.

10

Le lendemain, une vague de chaleur étouffante s'abattit sur la ville.

Andrew descendit du grenier vers onze heures car, sous les combles, la température commençait à devenir insupportable. *De toute façon, chaleur ou pas chaleur, impossible de bosser,* maugréa-t-il. Il n'arrivait pas à se concentrer. Trop de pensées tournaient dans sa tête sans lui laisser de répit.

Il trouva Geena dans la cuisine, en train de préparer un sandwich aux crudités pour David.

— Tu l'emmènes à son cours d'anglais ? demanda-t-elle.

— Oui.

— D'accord. Moi, je le récupérerai à la sortie de mon atelier yoga.

Elle enroba le sandwich dans du papier d'aluminium et le posa à côté d'un yaourt à boire.

— Tu as peut-être raison, au sujet des pilules, dit-elle sans oser regarder son mari en face. C'est vrai que j'en prends beaucoup. Je… je vais essayer de réduire ma consommation.

Andrew l'embrassa tendrement.

— Je suis avec toi à cent pour cent, ma chérie, sourit-il.

Ils s'embrassèrent de nouveau, prolongeant ainsi ce paisible moment de communion. Prenant un air grave, Andrew annonça :

— Ce soir, je ne mangerai pas à la maison.

— Ah ?

— Je dois faire quelque chose. Rencontrer des gens. Rien de grave, ne t'inquiète pas, mais je ne peux pas t'en dire plus.

— Tu… tu n'as pas confiance en moi ?

— Non, pas du tout. C'est juste que je ne peux pas t'en parler maintenant. C'est trop tôt.

Elle se blottit dans ses bras.

— Andrew, qu'est-ce qui nous arrive ?

— C'est ce que j'aimerais comprendre, répondit pensivement son époux.

Après son cours d'anglais, David rentra à la maison avec maman.

Maman conduisait. Elle ne disait pas grand-chose et paraissait préoccupée. Peut-être qu'elle était encore irritée par ces nouveaux habits qu'il avait achetés, la veille, avec papa ? David aurait voulu lui poser la question, mais il avait peur de la mettre en colère.

David prit son goûter devant la télé (il aimait bien les clips, sur la chaîne musicale), puis il monta dans sa chambre. Il était censé faire ses devoirs pour le lendemain, mais il n'avait pas envie de travailler. Il n'avait pas envie de jouer non plus. En fait, il n'avait envie de rien du tout. Il se sentait assommé, le cœur lourd, sans raison particulière.

Il passa un bon quart d'heure à rêvasser sur son lit, les yeux grands ouverts.

Dehors, il faisait chaud. Il entendait M. Huberman qui passait la tondeuse. Mme Huberman lui cria qu'« il était fou, à son âge, de travailler sous un tel soleil », et son mari arrêta la tondeuse, ronchonnant quelque chose avant de relancer le moteur. David laissa échapper un sourire. Il pouvait presque sentir l'odeur de l'herbe fraîchement coupée.

Il se leva, alluma son comput.

Quand il ne savait pas trop quoi faire (ce qui lui arrivait souvent), il regardait les vieux films familiaux enregistrés sur l'ordinateur. Afin de réapprendre sa propre histoire.

Il chercha l'icône appropriée et l'effleura du doigt. Les premières secondes, l'image était floue. Elle dodelinait, comme si le caméraman cherchait à vous donner le mal de mer. Après, ça s'arrangeait.

Le golf miniature ! Toute la famille était là, perdue au milieu d'un décor de Lilliputiens, plein de monuments, de maisons et de châteaux en modèle réduit. Kim devait avoir onze ou douze ans. Elle faisait la coquette avec ses lunettes de soleil. Le vent agitait les cheveux et le foulard de maman, qui riait, et David imaginait papa en train de grimacer ou de dire des bêtises, derrière la caméra.

Ah, là, papa avait passé la caméra à quelqu'un d'autre. Il faisait le guignol. Sa balle frôlait le trou sans tomber dedans, alors il faisait semblant de s'énerver en sautant sur place et en tapant le sol avec son club de golf. Le petit David (six ans ? sept ans ?) se tenait les côtes tellement il rigolait.

David eut un sursaut.

— Arrêt sur image, ordonna-t-il.

Son double se figea, hilare, la bouche grande ouverte, les larmes aux yeux.

— Agrandissement.

Clic-clic-clic. L'image tripla, quadrupla de volume.

— Plus à gauche et plus bas. Encore. Voilà… Agrandissement.

Clic-clic-clic.

Le bras de David emplissait tout l'écran, maintenant.

— Agrandis encore.

Clic-clic-clic.

La cœur de David s'arrêta net. Là, juste sous son coude, il y avait comme une affreuse marque rouge. Une brûlure ! Pas le genre de bobo qui s'en va au bout d'une semaine !

David se dirigea vers le miroir le plus proche, les jambes en coton. Il s'en approcha, colla presque son coude contre la surface réfléchissante. Pas de brûlure. Pas la moindre trace. Rien. Sa respiration resta en suspens durant quelques instants. Qu'est-ce que cela signifiait ? Des questions. Encore des questions. *Je pourrais interroger maman ou papa, mais quelque chose me dit que je n'obtiendrai pas de réponse, comme d'habitude...* Il sortit dans le couloir et vint frapper à la porte de sa sœur.

— Kim, je peux te parler ?

— Nan. Je suis fatiguée. Laisse-moi tranquille...

Le petit garçon retourna dans sa chambre.

La seule solution, c'était de revenir là-bas, au pays des morts, là où sa mémoire était retenue prisonnière. Seulement, ça faisait peur. David n'avait aucune envie de revivre son séjour dans ce monde de cauchemar, rouge, avec ces silhouettes qui ondulaient comme des algues marines.

Mais sans ses souvenirs, il se sentait... tout nu ? Non, ce n'était pas tout à fait le mot.

— Incomplet, dit-il à voix haute.

Oui, voilà. Il était incomplet. Est-ce qu'il fallait mourir une deuxième fois pour repartir au pays des morts ?

Une sonnerie de téléphone retentit, au rez-de-chaussée.

— Kimberley ! cria maman une dizaine de secondes plus tard. C'est ton ami James. Il veut passer te prendre.

— Non, répondit Kim. Dis-lui que j'ai une migraine. Je ne veux pas sortir.

David parut surpris. Que sa sœur l'envoie promener comme tout à l'heure, cela n'avait rien d'étonnant, mais qu'elle réserve le même traitement à son copain (son petit copain ?) James, c'était plutôt déconcertant. Il y avait quelque chose de bizarre dans la voix de Kim. D'ailleurs, tout le monde paraissait bizarre aujourd'hui. Papa. Maman. Kim. Ils étaient tous à cran, et cette nervosité devenait contagieuse.

Et pourquoi je n'ai pas de cicatrice, pas de brûlure ?

James Butler éteignit son persoc.

— On dirait que ma petite fiancée ne veut plus me voir, dit-il, le coin droit de la bouche contracté.

Il s'adressait au professeur Garland. Ce dernier était assis derrière son bureau, un meuble au design épuré. Il avait noué ses longs cheveux en arrière, dans un catogan, et revêtu une blouse blanche.

— Tu as été trop vite avec cette jeune fille, soupira Garland. Il fallait attendre une ou deux semaines avant de lui proposer le livre. Elle n'était pas encore assez conditionnée.

— Je sais, j'ai grillé les étapes. Je suis désolé.

Le professeur se leva.

— Tout cela nous met dans une situation délicate, fit-il en commençant à arpenter la pièce. J'ai reçu un coup de fil du docteur Tinkle cet après-midi. Il semblerait que Mme Martin ait décidé d'interrompre sa mégavitaminothérapie. Et j'ai appris que son mari a été aperçu deux jours de suite en compagnie d'Alan Spector.

— J'ai l'impression que les Martin sont en train de mal tourner, tu ne crois pas ?

— Oui, c'est un constat d'échec.

Il s'arrêta de marcher, se retourna vers le garçon. Un éclat de silex brillait dans ses yeux.

— Je n'aime pas ça, dit-il en se passant la main dans les cheveux. Il va falloir prendre des mesures radicales.

CINQUIÈME PARTIE

Le pays des morts

Les gens meurent, ils meurent forcément, ils meurent inéluctablement, ils ne peuvent échapper à la mort. Mais nous connaissons un chemin qui permet de surpasser la mort.

Asahara Shôkô,
gourou de la secte Aum Vérité suprême

I

19h55

Andrew était garé en face du Gene's Bar. Il observait la devanture de l'établissement (une longue vitrine décorée de publicités et surmontée d'une enseigne lumineuse) depuis un bon quart d'heure, sans parvenir à se décider. *J'y vais ou j'y vais pas ?*

Il avait vu Spector entrer dans le bar quelques minutes plus tôt, accompagné d'un type avec un long manteau noir. *Fait un peu chaud pour porter un manteau pareil,* s'était dit Andrew.

Il avait peur. Ses paumes étaient moites. *Dans quoi est-ce que je vais aller me fourrer ?*

L'angoisse lui grignotait le cerveau, mais l'envie d'en savoir davantage était plus forte que ses appréhensions. Il y avait trop de choses étranges dans cette ville, trop de zones d'ombre…

Il prit une longue inspiration, puis sortit du véhicule, traversa la rue d'un bon pas et entra dans le bar. Les clients accoudés au comptoir, debout ou assis sur de grands tabourets, lui jetèrent un regard distrait. Il n'y avait pas de télé. Un juke-box tapi au fond de la salle diffusait un vieux tube de Ben E. King :

Quand la nuit tombe,
Que la terre plonge dans le noir
Quand il n'y a plus d'autre lumière que celle de la lune,
Je n'ai pas peur
Parce que tu es là, à mes côtés.

— C'est pour boire ou pour dîner ? demanda le barman, un rouquin aux favoris broussailleux.

Andrew toussota dans son poing :

— Vous avez un billard français, ici ?

— C'est M. Spector qui vous envoie ?

— Oui.

Le barman hocha la tête. Pointant un petit couloir du doigt, il dit :

— Après les toilettes, vous poussez la porte marquée « privé », d'accord ? Le billard est de l'autre côté.

— Très bien. Merci.

— Eh, moi aussi j'veux jouer au billard ! protesta un vieux bonhomme au crâne déplumé.

Le rouquin le rabroua :

— Les parties sont au-dessus de tes moyens, mon gars. Paye déjà tes consommations, et on en reparlera.

Andrew s'engouffra sans le couloir, alors que King achevait de chanter *Stand by Me.*

Pendant ce temps, à l'autre bout de la ville, Geena et sa fille préparaient le repas du soir. L'atmosphère était pesante, saturée de non-dits, de sous-entendus.

— Papa est parti où, déjà ? interrogea Kim d'un air faussement innocent.

— Il s'est fait des copains et il regarde un match de foot avec eux, mentit Geena. J'imagine qu'il va en profiter pour boire quelques bières.

Elle n'avait pas envie d'alarmer la petite. Kimberley paraissait déjà suffisamment perturbée comme cela. Elle n'avait rien mangé ce matin, ni même à midi. Dès qu'un bruit montait de la rue, elle sursautait comme si elle venait de s'asseoir sur un cactus. Et puis, surtout, elle avait refusé de sortir avec ce garçon, ce James ! Alors ça, c'était vraiment louche... Geena aurait bien voulu demander à sa fille ce qui ne tournait pas rond, mais elle savait qu'on ne tirait pas aussi facilement les vers du nez à une ado. *Ne jamais attaquer de front,* se dit-elle en terminant d'empiler assiettes et couverts.

— Au fait, ça va mieux, ta migraine ? s'enquit-elle.

— Ouais. Enfin, ça n'va pas plus mal.

— Tu avais quels cours sur le Net, aujourd'hui ?

— Hein ? Oh, rien de passionnant...

Geena réprima un soupir de lassitude. Kim ne semblait pas décidée à lui faciliter le travail. *Bon, tant pis, je réessayerai après le dîner...*

L'adolescente disparut dans la salle à manger pour y mettre la table. Geena ouvrit le four. Sa tarte aux oignons était dorée à point et sentait bon.

— David ! cria-t-elle en levant la tête vers le premier étage. Tu descends manger ?

Pas de réponse.

— David ? Tu m'as entendue ?

Toujours rien. Geena referma la porte du four. Brusquement, une intuition terrible se cristallisa en elle.

— David ? Qu'est-ce que tu fais ?

Le sang se mit à battre dans son cou et à ses tempes. Elle sortit de la cuisine.

— Qu'est-ce qu'il y a, maman ? questionna Kim en voyant le visage décomposé de sa mère.

Celle-ci ne répondit pas. Elle monta les marches de l'escalier quatre à quatre, Kim sur ses talons.

— David, mon chéri ?

Le petit garçon n'était pas dans sa chambre. La mère et la fille échangèrent un regard de muette incompréhension. À présent, elles paraissaient aussi paniquées l'une que l'autre.

— David ?

— David, où es-tu, bébé ?

Geena se rua dans les toilettes, la salle de bains. Elle écarta le rideau de la douche. Personne.

— Maman, il est là ! brailla Kim depuis l'autre extrémité de l'étage.

Il y avait de la terreur dans sa voix. Geena courut sur le palier et se précipita dans sa chambre. Son cerveau photographia tous les éléments de la scène en un dixième de seconde : David était sur le lit, aussi blanc que les draps. Les yeux révulsés, il suffoquait. Kim lui tapait dans le dos. Il tenait encore entre ses doigts une plaquette de pilules.

— Il en a pris combien ?

— Je ne sais pas ! hurla l'ado, au bord de l'hystérie.

Geena ouvrit la petite boîte, posée sur sa table de nuit.

— Oh, mon Dieu…

Il manquait au moins deux plaquettes. *On dirait qu'il a essayé de tout avaler en une fois et qu'il s'est étouffé. Il faut le faire vomir. Tout de suite.* Il était hors de question qu'elle perde son fils une deuxième fois !

— Maman, fais quelque chose, je t'en supplie !

Geena sauta sur le lit et agrippa son fils par-derrière, ses deux mains formant un nœud au niveau du plexus solaire de l'enfant.

— Recrache, David, je t'en supplie, recrache !

Elle exerça une pression croissante et appuya du pouce sur son sternum.

— Je mets les doigts dans sa bouche pour l'aider à vomir ? questionna Kim en trépignant d'un pied sur l'autre.

— Surtout pas ! S'il a un spasme, il peut te mordre.

Geena était surprise par son propre sang-froid. Elle savait que, si elle perdait cette maîtrise d'elle-même maintenant, elle signait l'arrêt de mort de David.

Elle appuya plus fort.

— Crache !

Tout d'un coup, le diaphragme de David se souleva, comme sous l'effet d'un séisme interne, et il recracha une bouillie informe où l'on distinguait quelques pilules agglomérées.

— David ! Dis-moi quelque chose !

Il vomit encore. Sa mère essuya son visage exsangue avec un coin de drap.

— P'tit frère, ça va ? demanda Kim, affolée, en s'agenouillant au bord du lit.

David ouvrit les yeux. Il avait le regard glauque, mais il était bien vivant.

— Maman ? articula-t-il en reconnaissant Geena.

C'était la première fois qu'il l'appelait ainsi.

— Oh, mon Dieu, David, ne me refais jamais une peur pareille…

Elle le serra dans ses bras en pleurant. Kim, elle aussi, ne put retenir ses larmes. David avait l'air si vulnérable, si malheureux… Comment avait-elle pu se montrer aussi indifférente à son égard ? Il était venu la voir cet après-midi, et elle l'avait envoyé promener ! *Je lui ai fait payer ma brouille avec les parents ! J'ai été injuste !* pensa-t-elle, le cœur en lambeaux.

— Je te demande pardon, gémit-elle. À… À l'avenir, tu pourras venir me parler dès que tu en auras envie. Ma porte sera toujours ouverte. Pardonne-moi.

David esquissa un sourire et serra la main que sa sœur lui tendait. Une chaleur mutuelle les envahit.

— Pourquoi tu as fait ça, mon amour ? répétait sans cesse Geena. Pourquoi tu as fait ça ?

— Je voulais retrouver mes souvenirs, dit le petit garçon. Mes souvenirs qui sont restés au pays des morts.

2

20 h 05

L'arrière-salle était grande, mais chichement éclairée. Une unique ampoule projetait une maigre douche de lumière sur la table de billard, reléguant le reste de la pièce dans un clair-obscur douteux. Un nuage stagnant (de la fumée de cigarettes) achevait de conférer à l'endroit une atmosphère de tripot clandestin.

— Voici Andrew Martin, le père du petit David, déclara Alan Spector en guise de présentation.

Andrew serra la main à trois personnes : deux hommes et une femme, ou plutôt une jeune fille. L'homme au grand manteau sombre, aperçu à l'entrée du bar, était mal rasé et arborait une paire de valises sous ses yeux vitreux. L'autre, un quadragénaire avec un visage sec, braquait sur Andrew un regard inquisiteur. La fille, une brunette de petite taille, mais athlétique, très musclée, devait avoir dans les vingt ans. Elle ne manquait pas de charme, sous ses airs revêches de garçon manqué.

— Alan Chapman, fit l'homme au manteau.

— Dale Fisher, jeta la fille.

— Joe Copeland, termina le quadra.

— Enchanté, répéta trois fois de suite Andrew.

Les conjurés prirent des chaises pliantes posées en rang d'oignons contre le mur du fond, à côté d'une porte où l'on pouvait lire l'écriteau « sortie de secours ». Ils s'assirent, discutant de tout et de rien durant une ou deux minutes. Spector piocha des bières dans un seau en plastec où flottaient quelques glaçons. Il offrit une canette à Andrew, puis annonça d'un ton assez caustique :

— Je déclare la séance ouverte !

Quelques gorgées plus tard, le dénommé Copeland entrait dans le vif du sujet :

— Je crois que les choses s'accélèrent, dit-il. La semaine dernière, j'ai surpris une conversation de couloir entre Garland et l'un de ses séides. Ils discutaient de quelque chose qu'ils appelaient le « flashage ». Je n'ai pas bien compris de quoi il s'agissait, mais ils avaient l'air très excités.

Spector se pencha à l'oreille d'Andrew pour préciser :

— Joe Copeland travaille comme chef cuisinier à la clinique. Maintenant que Mme Dubravsky est morte, il est notre dernier agent dans la place.

Andrew opina en silence pendant que l'espion poursuivait son rapport :

— En traînant dans les bureaux, j'ai aperçu plusieurs dossiers avec le même logo et le même nom de code tamponné en couverture : *Eternity Express...*

— Vous croyez que ça a un rapport avec l'immortalité ? interrogea Dale Fisher.

— Possible, avança Copeland. On sait tous que c'est le vieux rêve du grand manitou ! Ses travaux sur le clonage ne visent qu'à atteindre ce but.

Alan Spector secoua la tête :

— Cloner les gens, c'est une chose, mais cloner leur personnalité, c'est une autre paire de manches. Comment est-ce que vous voulez dupliquer l'impalpable : les émotions, les souvenirs ?

— Peut-être avec ce procédé, le flashage ? hasarda la jeune fille.

Andrew allait poser une question lorsque, soudain, des éclats de voix explosèrent derrière la porte, côté bar.

— Non, j'vous dis que c'est privé ! criait le barman.

Des bruits de bottes. Des coups désordonnés.

— Tirez-vous, on s'est fait piéger ! hurla Spector.

Ils se levèrent tous, mais Alan Chapman était parvenu à se placer entre eux et la sortie de secours. Les pans de son manteau s'ouvrirent pour laisser apparaître les deux canons du petit fusil qu'il avait dissimulé jusqu'ici.

— Personne ne va nulle part, dit-il, l'arme pointée vers ses « amis ».

— Sale traître, cracha Joe Copeland.

Fou de rage, il plongea sur le fusil et le dévia de tout son poids. Ka-blam ! Une double déflagration fit voler en éclats l'ampoule du plafond.

L'obscurité.

— Venez ! cria Spector.

Andrew sentit qu'on agrippait sa manche. Il se laissa entraîner dans une folle cavalcade. Apparemment, la sortie de secours donnait sur un nouveau couloir encombré de casiers à bouteilles. Andrew trébucha sur l'un d'eux et faillit s'étaler de tout son long. Les bouteilles vides tintèrent en produisant une note presque mélodieuse.

— Stop, arrêtez-vous ! ordonna quelqu'un derrière eux.

Il y eut des cris. Une lutte acharnée. Andrew reconnut la voix de la fille, Dale Fisher. Il s'arrêta de nouveau en pleine course, mais Spector l'empêcha de faire demi-tour.

— C'est trop tard pour elle, dit-il sur un ton catégorique.

Les deux fugitifs débouchèrent à l'air libre, dans une sorte d'arrière-cour. Un chat qui fouillait parmi des poubelles déguerpit en poussant un miaulement outragé. Andrew voulut marquer une pause pour reprendre son souffle et s'orienter.

— Grouillez-vous ! Je suis garé de l'autre côté.

Ils traversèrent la cour et sautèrent dans une camionnette peinte en noir métallisé. Spector appuya sur l'accélérateur à fond, et le moteur rugit sous le capot. Andrew avait bouclé sa ceinture et se cramponnait comme il pouvait.

— Qu'est-ce que vous fichez ? éructa le conducteur en voyant Andrew sortir son persoc.

— J'appelle ma famille !

Une voiture de la milice déboucha d'une rue sur leur droite, dix mètres plus loin. Spector braqua à gauche, puis colla de nouveau la pédale au plancher. Andrew était secoué dans tous les sens et il avait envie de vomir.

— Allô ? fit la voix de sa femme dans son oreille.

— C'est moi, chérie. Écoute, il faut que je te parle !

— Andrew ? Cela fait dix minutes que j'essaye de te joindre ! Je…

— J'avais débranché mon persoc. Maintenant, tais-toi et écoute-moi : prends les enfants et sors de la maison. Tout de suite !

— Mais…

— Fais ce que je te dis. Sortez, et rendez-vous à l'angle de Main Street. Je suis avec un ami, on arrive. Je t'en supplie, ne pose pas de questions. Fais-le, c'est tout.

Il y eut un court silence, puis Geena dit :

— D'accord. On se retrouve sur Main Street.

— Je t'aime, lança Andrew avant de couper la communication.

À présent, il y avait trois voitures à leurs trousses.

— Bon Dieu ! jura Spector. On n'arrivera jamais à les semer !

Soudain, une rangée de pointes escamotables jaillit du sol, juste devant les roues de la camionnette. Shlarf-shlarf ! Les piques déchirèrent les quatre pneus sans que le conducteur ait eu le temps de réagir.

Spector perdit le contrôle de son véhicule, qui monta sur le trottoir, percuta un réverbère !

Andrew crut voir le pare-brise se transformer en une nuée d'insectes diamantins. Sa tête fut projetée vers l'avant avec une violence inouïe. Il sombra dans le néant.

3

20 h 15

Geena raccrocha. Elle n'avait même pas eu le temps de raconter à son mari ce qu'avait fait David. *Andrew paraissait tellement affolé…* Pas de doutes. C'était sérieux. Très sérieux.

Elle avait réussi à combattre sa peur tout à l'heure et était sortie victorieuse de cette lutte en sauvant la vie de son fils ! Mais à présent, la peur revenait, montait en elle, irrépressible.

— Kim ! Descends avec David !

— Mais, maman…

— Obéis-moi !

L'adolescente dévala les marches en traînant son frère derrière elle. Geena prit David dans ses bras et le souleva. Il était toujours d'une pâleur effrayante, mais ses yeux avaient retrouvé de leur vivacité.

— Mets tes chaussures, Kim, jeta Geena. On s'en va.

— Hein ?

— Fais ce que je te dis.

— C'était papa au téléphone ?

— Oui. Il veut qu'on parte. Tout de suite !

Geena et ses deux enfants sortirent de la maison. Ils

étaient en train de descendre l'escalier du perron lorsque Kim couina :

— Là !

Son doigt indiquait le bas de la rue, que dix ou douze hommes en rouge remontaient d'un pas régulier, mécanique. Geena se figea, et le brusque afflux d'adrénaline lui fit l'effet d'une giclée d'acide. Elle tourna la tête vers la droite. Dix autres hommes en rouge arrivaient sans se presser. Ils paraissaient sûrs de leur fait.

Les Martin choisirent de battre en retraite. Ils se replièrent dans le vestibule. Geena reposa David et ferma les verrous à double tour. Ses yeux dardaient des regards de bête aux abois dans toutes les directions. La meute approchait. Elle les entendait qui faisaient grincer les marches du perron.

— On descend à la cave, dit-elle, prise d'une inspiration subite.

C'était la porte la plus solide de la maison et, en plus, on pouvait la bloquer avec une planche transversale.

On frappa plusieurs coups sourds à l'entrée : bom-bom-bom ! Kim et David semblaient paralysés.

— Vite ! cria Geena pour les secouer un peu.

L'adolescente descendit au sous-sol la première, suivie de David et de Geena. Celle-ci claqua la porte, puis fixa la planche dans les crochets prévus à cet effet.

— On n'y voit rien, gémit Kim.

L'endroit était sombre, humide et sentait le moisi.

— Maman, j'ai peur, dit David.

— Ne t'inquiète pas, répondit machinalement sa mère, ça va aller.

Elle chercha l'interrupteur à tâtons, le trouva. Pas de lumière.

— Merde !

L'ampoule du plafonnier devait être cassée. La faible lueur de l'extérieur provenait d'une imposte vitrée située à l'autre bout du sous-sol. Geena réalisa avec horreur que cette petite lucarne était entrouverte. Quelqu'un de peu corpulent pouvait très bien s'y glisser.

On entendit un grand bruit au-dessus, suivi de grincements. Les hommes en rouge marchaient sur le parquet en parlant à voix basse. L'un d'eux secoua le loquet, en haut de l'escalier.

— Ouvrez, madame Martin. Nous ne vous voulons aucun mal.

Un silence, puis :

— Ouvrez, c'est votre mari qui nous envoie.

Bom-bom-bom !

— Maman, qu'est-ce qu'on fait ? glapit Kim.

— Il doit y avoir une lampe torche, quelque part là-dedans, fit sa mère en montrant des cartons entassés dans un coin. Si vous pouvez la trouver…

Geena s'avança vers la petite fenêtre pour la fermer. Son cœur battait la chamade. Elle leva la main vers le clapet. Et cria ! Une main d'homme avait surgi du rectangle entrouvert et venait de saisir son poignet.

— Lâchez-moi !

Elle mordit son agresseur, qui hurla. Elle allait se dégager lorsque l'homme l'attrapa par les cheveux et la tira d'un coup brusque contre le mur, l'assommant presque.

— Lâche maman ! bégaya David.

Kim ramassa une vieille pelle posée de guingois contre des cantines.

— Baisse-toi, maman !

L'adolescente frappa, frappa encore. Il y eut un hurlement strident, un craquement d'os, et le bras se retira aussi vite qu'il était apparu, laissant sur le mur de briques une longue traînée rouge.

Geena donna un coup dans le clapet. Le volet intérieur se rabattit, bloquant la fenêtre.

Cette fois, ils étaient bel et bien enfermés.

Et plongés dans le noir.

On entendait David qui fouillait au hasard dans les cartons, ainsi que les coups (bom-bom-bom) frappés contre la porte. Celle-ci ne résisterait pas indéfiniment.

— Qu'est-ce que papa t'a dit ? risqua Kim, d'une voix tremblotante.

— Il va venir nous chercher, répondit sa mère.

Bom-bom-bom.

Soudain, il y eut un nouveau bruit : un grand fracas qui provenait d'un angle reculé de la pièce.

La soute à charbon ! s'affola Geena. *Ils ont dû découvrir la trappe du rez-de-chaussée !*

— J'ai trouvé la lampe ! s'exclama David.

La lumière fut, et les trois membres de la famille Martin hurlèrent à l'unisson.

Le faisceau éclairait la face ricanante de James Butler et de trois autres hommes, tous noirs de suie et de charbon.

4

20 h 23

Des voix.

Il entendait des voix.

— Professeur, le deuxième se réveille.

Andrew ouvrit ses paupières encroûtées par le sang séché.

— Bonsoir, monsieur Martin.

Il reconnut sans mal Garland, le grand manitou pour reprendre l'expression de Joe Copeland. Il était accompagné de son garde du corps personnel et de deux hommes en rouge, plus jeunes que le modèle d'origine. Tout ce petit monde se trouvait dans ce qui ressemblait à une chambre d'hôpital. Sur le lit d'à côté, Spector achevait de reprendre ses esprits. Il avait le nez cassé, enflé, et son visage était marqué par de multiples entailles. Andrew imagina qu'il offrait un portrait assez similaire. Il sentait des coupures sur ses joues, son front. Portant la main à son cou, il s'aperçut qu'on lui avait posé une minerve.

— Vous avez eu de la chance, tous les deux, affirma Garland. Vous auriez pu vous tuer.

Sa voix était empreinte de commisération, mais il en fallait davantage pour amadouer les prisonniers.

— Enfant de salaud, cracha Spector. Qu'est-ce que vous avez fait de nos amis ?

— Heu, j'ai bien peur que M. Copeland n'ait eu un petit accident. Il en est mort. Je suis désolé. Quant à Mlle Fisher, elle était trop excitée pour avoir une conversation civilisée avec moi. J'ai dû lui administrer quelques sédatifs. J'espère que vous êtes dans de meilleures dispositions, messieurs…

— Où est ma famille ? l'interrompit Andrew.

— Votre femme et vos enfants vont nous rejoindre bientôt. J'ai envoyé des hommes les chercher.

— Si jamais vous touchez un seul de leurs cheveux…

— Vous allez me tuer, c'est ça ?

Il gloussa et se tourna vers son garde du corps pour le prendre à témoin :

— Tu as vu cette ingratitude, Bob ? Je ressuscite le fils de M. Martin, je l'installe dans une jolie maison à flanc de colline, je lui offre l'affection de toute une communauté, et voilà comment il me remercie.

— C'est moche, commenta le chef des hommes en rouge.

Garland hocha la tête, puis reporta son attention sur les deux blessés.

— Vous pouvez marcher ? s'enquit-il.

Les deux blessés acquiescèrent.

— Alors venez avec moi.

— Qu'est-ce que vous allez faire de nous ? questionna Geena lorsque les hommes en rouge les forcèrent à remonter au rez-de-chaussée.

— On va vous conduire à votre mari, madame, assura James.

Il souriait, mais son sourire n'avait cette fois rien de sympathique. Au contraire, ce rictus lui donnait des faux airs d'hyène.

— Tu es content de toi ? grinça Kim. Tu nous tiens à ta merci.

— Content ? Non, je ne suis pas content. J'aurais voulu que les choses tournent différemment pour nous deux, Kimberley, tu le sais très bien.

L'adolescente avait envie de lui cracher à la figure. Elle dut faire un effort sur elle-même pour ne pas céder à ses pulsions de haine. Ce n'était pas le moment.

On poussa les Martin sur le perron, puis dans la rue qui descendait vers le centre-ville.

Soudain, une série de coups de feu éclatèrent. James s'écroula en se tenant la cuisse. Deux hommes en rouge firent de même, en grimaçant de douleur. Un troisième eut la clavicule éclatée, un quatrième plia un genou au sol. Les autres membres du service d'ordre se dispersaient, cherchant désespérément un endroit où se mettre à l'abri.

Geena et ses enfants furent bientôt les seules personnes encore debout au milieu d'Armitage Street, statues immobiles entourées de corps qui rampaient et se tortillaient, pareils à des poissons jetés hors de l'eau.

— Bougez-vous ! cria une voix familière.

Les Martin tournèrent la tête, et la surprise peignit une expression quasiment comique sur leur visage. M. et Mme Huberman marchaient vers eux, pistolet automatique en main. Ils balayaient la rue du canon de leur arme avec des gestes vifs et précis.

— Sainte Marie mère de Dieu, hoqueta Geena, la mâchoire prête à se décrocher.

C'était là l'image la plus singulière qu'elle eût jamais contemplée de son existence. Ses voisins n'avaient plus rien à voir avec les deux petits vieux qu'elle côtoyait d'habitude.

— Ne restez pas plantés là, mes chéris, dit Mme Huberman. Les méchants vont revenir en force d'un moment à l'autre.

Comme Geena et ses enfants ne bougeaient toujours pas, M. Huberman aboya :

— Grouillez-vous, c'est une question de vie ou de mort !

Le trio se laissa entraîner dans la maison des retraités. Les Martin étaient complètement abasourdis. Aucun d'eux ne parvenait à prononcer le moindre mot. Ils se retrouvèrent bientôt dans un vestibule encombré de planches en contreplaqué.

— Aidez-nous, voulez-vous ? demanda M. Huberman en remisant son pistolet dans sa ceinture.

— Hein ? fit Geena, comme si elle émergeait d'un rêve.

— Faut barricader les fenêtres.

Mme Huberman apportait déjà plusieurs marteaux et des boîtes de clous.

— Mais qu'est-ce que ça veut dire ? intervint Kim.

— FBI. Je suis l'agent Stéphanie Shughart, répondit la vieille dame. Et lui, c'est mon collègue, Stuart Gordon.

— Le FBI ? répétèrent en même temps Geena et sa fille.

— Oui, enfin, nous étions à la retraite depuis belle lurette quand ils nous ont rappelés. Notre mission : infiltrer la secte du professeur Garland.

— Que… coassa Geena. Enfin, depuis quand ?

— On répondra bientôt à toutes vos questions, mais d'abord barricadons ces foutues fenêtres ! jeta M. Huberman, ou plutôt l'agent Gordon.

Tout le monde mit la main à la pâte. Ils travaillèrent rapidement, avec frénésie, si bien que les fenêtres du rez-de-chaussée se trouvèrent obstruées en moins de dix minutes.

— Venez, fit Huberman-Gordon, un peu essoufflé, on monte au premier.

La chambre à coucher n'offrait pas vraiment le spectacle auquel on aurait pu s'attendre en pénétrant l'intimité d'un couple de septuagénaires : des pistolets, ainsi que des chargeurs et des balles (des centaines de balles !), étaient disséminés sur le couvre-lit. Un comput portable trônait sur la table de nuit. Il diffusait dans la pièce la clarté bleutée de son écran.

— Vous avez réussi à faire entrer en douce toutes ces armes ? interrogea Kim.

— Ce sont des modèles entièrement démontables, en céramique, révéla l'ex-mamie-gâteau. Très pratiques pour passer les rayons X.

— Et les munitions ? s'enquit David.

L'agent Gordon éjecta un chargeur de la crosse de son P 38.

— Là-dedans, tu as Napoléon, le maréchal Ney et la moitié d'un régiment de cavalerie.

David remarqua un petit atelier de fonderie dans un coin (un creuset, des moules, une grande pince et un bec Bunsen). Alignés à côté de cet attirail, quelques soldats de plomb attendaient sagement d'être transformés en projectiles nickelés.

L'agent Gordon remit son chargeur en place et se posta à l'angle sud-est de la pièce. Sa « femme », l'agent Shughart, prit position à l'angle sud-ouest. Ils avaient une bonne vue d'ensemble, en enfilade, sur Armitage Street. Les corps de James et de ses quatre acolytes s'étaient volatilisés. Les hommes en rouge se déployaient autour de la maison. Ils communiquaient entre eux par gestes et, pliés en deux, progressaient par petits groupes. Ils s'abritaient dès qu'ils le pouvaient derrière des voitures ou des rangées de poubelles, en bref ce qu'ils trouvaient.

— Il faut qu'on tienne au moins cinquante minutes, décréta Stuart Gordon sans quitter la rue des yeux.

— Pourquoi cinquante minutes ? demanda Geena.

— On a envoyé notre signal-code il y a environ un quart d'heure. Les gars du 501e régiment aéroporté sont prêts à agir vingt-quatre heures sur vingt-quatre, mais il faut quand même leur laisser le temps d'arriver jusqu'à nous.

David se réfugia contre sa mère. Elle l'embrassa, l'entourant de ses bras. Kim se laissa choir sur le lit. Toute cette histoire était complètement dingue. Elle n'aurait pas été plus stupéfaite si on lui avait annoncé que ses propres grands-parents étaient des agents secrets autorisés à tuer !

La bouche sèche, l'adolescente questionna :

— Pourquoi ont-ils fait appel à des gens comme vous pour cette mission ?

— Des gens comme nous ? gloussa Stéphanie Shughart. Tu veux dire « des vieux » ?

— Ben… Oui.

— Papy et mamie qui rêvent de se faire cloner à la fin de leur vie, c'était le scénario le plus facile à mettre en œuvre. Qui soupçonnerait deux vieux fossiles presque gâteux, hein ? Et puis, on n'allait quand même pas tuer un agent, ou un enfant d'agent, pour les besoins de la mise en scène.

Kim était sidérée. Elle n'en revenait toujours pas.

— Vous avez eu un sacré courage d'accepter un job aussi risqué.

— J'ai un compte à régler avec les sectes, avoua l'agent Shughart d'une voix vibrante. Des illuminés ont pris ma fille. C'était il y a très longtemps, mais je n'ai jamais oublié.

Les yeux de la vieille dame brillaient à l'évocation de ce traumatisme. Son partenaire ajouta, pince-sans-rire :

— Et moi, j'en avais marre de bronzer en Floride. C'est chiant, la Floride.

Durant une bonne minute, nul ne souffla mot. Kim ferma les paupières ; elle se sentait vidée. Elle regarda alternativement les deux personnes âgées et jeta :

— À cause de nous, vous avez grillé votre couverture…

— Oui, acquiesça Stéphanie Shughart, mais il fallait bien qu'on tombe le masque un jour ou l'autre. Cela fait six mois qu'on observe de l'intérieur le petit manège de Garland, Xander et compagnie. En six mois, nous avons dénombré pas moins de dix-sept disparitions ou accidents suspects. Comme quoi la Nouvelle-Arkham n'est pas aussi tranquille qu'elle y paraît. Il était temps que cela cesse, même si on n'a pas réussi à dénicher toutes les preuves qu'on cherchait. Alors, quand on a vu qu'ils vous embarquaient pour vous réserver Dieu sait quel sort, on a décidé de passer à l'action.

— Merci, dit Geena. Je suppose que vous nous avez sauvé la vie.

— Ma p'tite dame, vous nous remercierez quand on sera loin d'ici, à l'abri dans un hélico, grogna Gordon en consultant sa montre. Pour l'instant, on n'est pas tirés d'affaire.

5

20 h 34

Garland ouvrait la marche. Il devançait ses prisonniers, eux-mêmes suivis par Bob, le fameux garde du corps, accompagné de ses deux clones.

Le petit groupe remontait un interminable couloir circulaire dans le sens inverse des aiguilles d'une montre. Une suite d'ampoules, nichées à l'intérieur de cavités grillagées, répandaient une sinistre lumière rouge à travers la coursive. D'après ce qu'Andrew avait compris, ils se trouvaient sous la clinique. La paroi extérieure du couloir était ponctuée par des portes donnant sur des bureaux ou des quartiers d'habitation. La paroi intérieure, elle, s'ouvrait sur plusieurs secteurs compartimentés, que l'on pouvait observer grâce à de longues baies vitrées.

— Voici le secteur des transferts mnémoniques, expliqua le professeur à la manière d'un guide zélé.

Il montrait une salle où deux énormes cylindres horizontaux, absolument identiques, étaient reliés entre eux par une ahurissante quantité de câbles et de fils gainés de plastec. Andrew ne put s'empêcher de grimacer. Il avait passé une radio du cerveau grâce à un engin similaire, quelques années plus tôt. Il n'en gardait pas un très bon souvenir, même si, au bout du compte, le scanner n'avait rien décelé de grave. Le moment où l'on vous allongeait sur une tablette pour ensuite vous faire glisser dans une sorte de tunnel restait l'une des expériences les plus angoissantes de sa vie. Il ne valait mieux pas être claustrophobe dans ces moments-là.

— C'est ici qu'ont lieu nos recherches concernant la mémoire, raconta Garland avec une note de fierté dans la voix. Nous essayons de transférer les souvenirs d'un sujet à un autre par le biais de ces deux appareils que vous voyez ici.

— On dirait des scanners, fit Andrew.

— Des scanners de la conscience, si vous voulez, M. Martin.

— Hé ! grogna Spector. Vous allez essayer de nous faire croire que vous pouvez prendre la mémoire de X pour la télécharger sur Y ?

— Simplifiée à l'extrême, c'est bien l'idée.

— Impossible, riposta Spector. On n'en sait pas assez sur le cerveau pour envisager ne serait-ce que le dixième de ce que vous avancez.

Le professeur émit un soupir amusé :

— Quand une porte vous résiste, monsieur Spector, essayez l'entrée de service. C'était ce que mon père me répétait toujours quand j'étais enfant.

— Je ne vois pas le rapport.

— Jusqu'ici, les recherches sur le siège de la mémoire, et donc de la conscience, étaient dans une impasse parce qu'elles se basaient toutes sur des théories « localistes » : le cortex, le néocortex, etc. Moi, j'ai pris le problème sous un autre angle : et si la mémoire était partout et nulle part à la fois… comme un champ magnétique ou un hologramme ? Il s'est avéré que mon intuition était la bonne. Toute la difficulté est d'intercepter ce champ d'interférences ondulatoires, d'en faire une copie et de l'envoyer dans un cerveau vierge, comme celui d'un clone sorti de sa cuve de croissance, par exemple.

— Ho là, ho là ! fit Andrew, le front plissé. Vous allez un peu vite pour moi. Le gars à qui vous prenez sa mémoire, il n'a pas le cerveau vidé après votre petite manip' ?

— Non. On ne prend pas la mémoire, on la duplique. On la clone, si vous préférez.

— Vous la stockez comment votre… copie ?

— Sur deux supports de mon invention : des méga-CD pour les composantes de la personnalité, et des cristaux-mémoires pour les souvenirs. Je vous fais grâce des détails techniques… Vous imaginez les applications d'une telle découverte, messieurs ?

— L'immortalité, coassa Andrew.

Garland opina :

— Oui, c'est le but visé : embarquez pour l'*Eternity Express,* l'« express de l'éternité », la vraie vie éternelle, pas cette illusion de continuité que nous refilons actuellement aux familles endeuillées. Chaque trimestre, les clients intéressés pourront venir dans nos locaux enregistrer un instantané de leur personnalité. Ces enregistrements successifs seront préservés, jusqu'au triste jour de leur décès… Enfin, plus si triste que ça. On reprendra le dernier enregistrement en date et on le téléchargera dans le cerveau d'un clone, jeune et en bonne santé ! Mieux encore : imaginez que vos six derniers mois sur terre n'ont été que souffrances et déceptions. Vous ne voulez plus en entendre parler. La solution ? Très simple : on greffera à votre nouveau « moi » un enregistrement antérieur à tous vos malheurs. Vous repartirez dans la vie en pleine forme et du bon pied !

Le professeur avait les yeux brillants. On voyait qu'il jubilait. Emporté par son propre enthousiasme, il continua :

— Bien sûr, ce traitement sera réservé à des gens qui le méritent, des gens comme vous et moi. Des Blancs, quoi ! Nous laisserons le reste de l'humanité continuer à sombrer dans la gabegie. Que les Noirs, les Jaunes et les Arabes se détruisent entre eux, c'est leur problème. Le moment venu, nous bâtirons un monde nouveau. Un monde blanc. Nous pouvons attendre. Le temps travaille pour nous…

— Excusez-moi, grogna Spector, mais je n'arrive toujours pas à croire qu'une telle technologie soit à votre portée. C'est… c'est du délire !

L'excitation de Garland était retombée. Il avait l'air déçu par la réaction de son auditoire.

— Pour l'instant, je reconnais que nous tâtonnons, dit-il. Nous n'avons réussi l'expérience que trois fois… sur plusieurs dizaines d'essais ! Mais je vous garantis qu'un jour ça marchera à tous les coups !

— Vous êtes cinglé.

— Cinglé ? Moi ? Pas du tout. C'est ma banque-mémoire personnelle qui a été utilisée pour chacun de nos tests. Ce qui est amusant, c'est qu'il y a donc quatre Garland différents qui vivent actuellement à la Nouvelle-Arkham. Je dis « différents », car on n'est pas obligé d'avoir recours à un clone de son « moi physique » pour le corps-réceptacle. Il faut varier les plaisirs !

— Quatre Garland ?

— Eh bien oui ! Tout d'abord, il y a moi, l'original, inimitable, enfin presque. Et puis il y a mes « taupes ». Je les appelle comme ça parce qu'elles me permettent de prendre la température ambiante sans que je me mêle à la population. J'adore ça. Mon premier « double » réussi a été maître Xander. Oh oui, une grande réussite, Xander ! Il n'était pas une lumière, celui-là, avant de m'accueillir dans son esprit : un simple peintre en bâtiment. Mais il avait un corps parfait. Je suis pleinement satisfait du résultat. Une douzaine d'essais plus tard, on a redécroché le jackpot, avec un de mes clones cette fois, un modèle plus jeune que moi de vingt-cinq ans…

Soudain, l'écho de pas précipités lui fit tourner la tête. Un garde accourait. Il paraissait sur le point de céder à la panique bien qu'il essayât de le dissimuler.

— James vient d'appeler, lança le séide. Il est blessé. On a des problèmes avec les Martin.

— Quoi ?

— Ils se sont barricadés chez les Huberman !

Le cœur d'Andrew rua dans sa poitrine. Geena et les enfants ? Réfugiés chez les deux vieux schnoques ?

Il peinait à l'imaginer, et le grand manitou semblait aussi surpris que lui.

— Ennuyeux, tout ça, dit enfin ce dernier, la tête baissée, après s'être passé plusieurs fois la main dans les cheveux.

Il releva les yeux et s'adressa au garde qui lui avait transmis la mauvaise nouvelle :

— Vous allez emmener M. Martin là-bas. Vite. Si cette bande d'idiots persiste à nous résister, vous tirez une balle dans la nuque de leur père et mari préféré, ça leur donnera à réfléchir.

Andrew se laissa entraîner par l'homme en rouge. Il eut néanmoins le temps d'entendre quel sort Garland comptait réserver à son compagnon.

— Vous doutez toujours de notre technologie, monsieur Spector ? Dans ce cas, je vous propose de la tester par vous-même.

— Vous allez effacer ma mémoire ?

— Nous appelons ça le « flashage ». Je vous rassure, c'est sans douleur. Une fois votre boîte crânienne purgée de ses souvenirs inutiles, elle sera prête à recevoir une nouvelle personnalité toute neuve. Enfin, si vous survivez… Les individus receveurs ont la fâcheuse tendance de mourir d'une embolie cérébrale lorsque la manipulation rate.

6

20 h 48

L'agent Stuart Gordon n'avait plus les yeux de ses vingt ans, mais il y voyait encore assez clair pour déceler des reflets métalliques dans la semi-pénombre. De l'autre côté de la rue, plusieurs hommes en rouge semblaient s'être munis de haches, de barres à mine ou encore de pieds-de-biche.

— On dirait que ça s'excite, en bas, annonça-t-il, arrachant les occupants de la chambre à la torpeur qui les gagnait.

Une grappe de *men in red* traversèrent la rue au pas de course. Bling ! Le vieil homme cassa la vitre avec la crosse de son arme. L'agent Shughart fit la même chose, et tous deux ouvrirent le feu simultanément.

Blam-blam-blam-blam !

Ils ne touchèrent personne, mais le message était clairement passé : les hommes en rouge retournèrent d'où ils étaient venus sans demander leur reste.

La tension retomba. De nouveau, ce fut le silence. Et l'attente.

Geena se faisait un sang d'encre pour Andrew. Était-il tombé entre les griffes du service d'ordre ? Avait-il réussi à s'échapper ? David, qui était toujours pelotonné dans les bras de sa mère, demanda :

— On va pas s'en sortir, hein, maman ?

— Mais si, on va s'en sortir, avança Geena en soutenant son regard. On va tous s'en sortir.

Le petit garçon déglutit.

— Si jamais on n'y arrive pas, je voudrais savoir, avant de mourir…

— Savoir quoi ?

— La vérité.

Geena eut l'impression qu'on lui plantait un poignard dans le cœur. *Non,* murmura la voix de sa conscience. *Tu ne peux pas lui dire. Il n'est pas prêt.* Kim se rapprocha de sa mère et de son petit frère.

— Il a le droit de savoir d'où il vient, maman, dit-elle.

Geena secoua la tête. Elle n'avait plus de salive. Tout son courage s'enfuyait par les pores de sa peau. Elle redoutait plus que tout au monde ce qu'elle s'apprêtait à faire, et les conséquences d'une telle révélation.

— S'il te plaît, reprit David, le regard implorant. J'ai besoin de savoir qui je suis, ou plutôt ce que je suis exactement.

Geena s'essuya les yeux. Prenant une longue inspiration, elle raconta :

— Ton jumeau génétique, David, est mort il y a près d'un an. Ce sont ses photos que tu voyais sur les albums de famille, et ce sont ses vêtements que tu portais jusqu'ici…

Elle avala sa salive avec difficulté et baissa les yeux, comme si sa résolution faiblissait, mais ce fut pour mieux reprendre :

— Tu as été créé en laboratoire, à partir d'une cellule prélevée sur ton frère. Tu as grandi pendant neuf mois dans un engin qui s'appelle une matrice de clonage accéléré, puis on t'a réveillé quand tu es arrivé à l'âge de dix ans. Il est tout à fait normal que tu ne te souviennes pas de nous, puisque tu ne nous as jamais connus.

David ne dit rien. Son visage offrait l'apparence figée

d'un mannequin, mais on pouvait deviner toutes les pensées qui fusaient à l'intérieur de son crâne.

— David chéri, ça va ?

Soudain, il eut un haut-le-corps. Ses yeux s'agrandirent. Les souvenirs, les sensations, revenaient en bloc !

Il émergeait d'un puits de nuit sans fond.

Le voile opaque se déchirait.

Il voyait…

Il gigotait mollement, immergé dans une cuve remplie d'un liquide rouge. Il avait la sensation d'étouffer, car le liquide était également dans ses poumons. La salle tout autour paraissait grande. Il y avait d'autres enfants, et même des adultes, prisonniers comme lui à l'intérieur de ces blocs cylindriques. D'autres étaient allongés sur des table en Inox et recouverts d'électrodes de la tête aux pieds. Ils se cambraient quand on leur envoyait du courant. Les hommes en blouse blanche (des médecins ?) allaient et venaient de cuve en cuve, prenant des notes ou échangeant des propos que David n'arrivait pas à entendre. Il voulait crier, hurler « Je suis conscient ! Faites-moi sortir de là ! », mais sa langue s'agitait dans la mélasse rouge sans produire un son. Et ce goût horrible, qui lui donnait envie de vomir…

— Le pays des morts, grimaça-t-il. Maintenant, je comprends…

Il se sentait débarrassé d'un poids énorme.

— Pardonne-nous, mon chéri, pleura Geena.

C'étaient des pleurs libérateurs, qui lavaient les recoins les plus sombres de sa conscience, aussi les laissa-t-elle couler sans retenue. David la serra contre lui, et Kim se joignit à cette étreinte. Elle avait les yeux humides, elle aussi.

— Bienvenue parmi nous, petit frère, dit-elle en l'embrassant sur la joue.

David essaya de sourire. Ce n'était pas encore trop son truc, mais cela viendrait, il n'en doutait pas.

— Si jamais on en réchappe, il y a un truc qui me ferait super plaisir… commença-t-il timidement.

— Tout ce que tu veux, chéri, le coupa sa mère.

— J'aimerais bien qu'on m'appelle Jason. Je trouve que Jason ça sonne mieux que David…

7

20 h 59

Allongez-vous sur la tablette, monsieur Spector.

Le prisonnier obéit.

— Ne bougez plus, monsieur.

Shlac-shlac.

Des bracelets en métal jaillirent de petites encoches pour entraver ses chevilles et ses poignets.

La peur brouillait le cours de ses pensées. Il entendait un claquement répétitif, et mit quelques secondes à réaliser qu'il s'agissait du bruit de ses propres dents.

L'un des hommes en rouge appuya sur une touche et la planche entra lentement dans le scanner. La tête de Spector fut avalée par le tunnel, puis son buste et ses jambes disparurent à leur tour. L'intérieur de l'appareil était d'un blanc phosphorescent. Spector plissa les yeux car cette lueur enveloppante lui agressait l'iris. Il perçut des cliquetis et quelques bip bip émanant de l'extérieur. Un homme en rouge commenta :

— Procédure de flashage enclenchée.

Un ronronnement oppressant monta des entrailles de la machine.

Non ! Je ne veux pas oublier Lisa ! Je ne veux pas oublier ma vie! Spector banda ses muscles et essaya de bouger, mais ses entraves ne lui laissaient aucune marge de mouvement.

Combien de temps prenait un flashage ? Cinq minutes ? Cinq heures ? Une vie ?

21 h 07

— La cavalerie ne devrait plus trop tarder, dit l'agent Gordon en jetant un rapide coup d'œil à sa montre. Dix minutes maxi.

En bas, la situation était calme, pour l'instant en tout cas. Les hommes en rouge se cachaient derrière les voitures, tout le long de la rue.

— Il ne nous reste plus qu'à espérer que Garland n'est pas aussi fou que ce milliardaire qui faisait du trafic de clones en Écosse, marmotta l'agent Shughart.

— De qui parlez-vous ? s'étonna Geena.

— Willy Van Der Braden. Le type à l'origine du web quantique[1]. Il s'est fait sauter avec son labo, il y a trois ans, quand l'armée a voulu donner l'assaut.

Geena hocha la tête. En effet, cette histoire lui rappelait quelque chose.

— C'est pour éviter une mésaventure comme celle-ci, ou comme celle de Waco[2], que le FBI nous a infiltrés dans la Nouvelle-Arkham, poursuivit la vieille dame. Malheureusement, nous ne sommes pas parvenus à en apprendre autant qu'on l'espérait au départ.

Assise sur le lit, Kim avisa un volumineux dossier relié par des spirales noires.

— C'est quoi, ça ?

— La « biographie non autorisée de Garland », répondit

1. Voir *Clone connexion*, du même auteur, dans la même collection.

2. Le 19 avril 1993, le FBI mena un assaut contre la ferme d'une secte religieuse, les davidiens, à Waco (Texas), au cours duquel quatre-vingt-six personnes périrent dans les flammes.

l'agent Gordon. On a rassemblé tout ce qu'on a pu trouver sur lui.

— Je suppose que ça parle de la mort de sa femme, de sa fille, et de tout ce qui a suivi ?

— Le professeur Garland n'a jamais été marié et il n'a jamais eu d'enfant. Cette version, c'est celle que Tinkle et les toubibs servent aux nouveaux arrivants pour toucher leur corde sensible. Les vraies raisons qui ont poussé Garland à s'intéresser au clonage sont ailleurs... On le soupçonne d'avoir tué son père à l'âge de dix ans. Il l'aurait poussé par une fenêtre.

Kim se raidit. Saisissant le dossier, elle parcourut cette mine d'informations en tremblant, comme si elle était gagnée par une forte fièvre.

— James Butler Garland, lut-elle à voix haute tandis que ses traits se décomposaient, pareils à de la cire fondue. Né en 1982 à Atlanta. James développe un complexe de culpabilité suite au meurtre présumé de son père, alcoolique et violent. Se lance dans les recherches sur le clonage dix ans plus tard. Tendances racistes et xénophobes prononcées. Voue un culte aux vieilles voitures des années cinquante.

Elle s'arrêta de tourner les pages, car elle venait de tomber sur une photo de Garland à la fin de son cycle d'études secondaires.

— Oh, mon Dieu...

— Qu'est-ce qui se passe ? s'inquiéta sa mère. Qu'est-ce qui t'arrive ?

Kim déglutit pour faire descendre le grumeau d'angoisse qui encombrait sa gorge. La photo, c'était James, ni plus ni moins.

— Le salaud s'est cloné ! asséna-t-elle d'une voix sans timbre. Il s'est cloné lui-même.

— De quoi parles-tu, Kimberley ? grogna sa mère.

L'adolescente allait répondre, quand une voix déformée par un mégaphone résonna dans toute la rue :

— *Monsieur et madame Huberman, je vous demande de*

poser les armes et de mettre un terme à cette folie. Madame Martin, pensez à vos enfants. Soyez raisonnable.

Tous les occupants de la chambre collèrent le nez aux carreaux. Ils virent James, qui tenait le mégaphone, debout sur le trottoir d'en face. Il avait un bandage autour de la cuisse, aussi ne pouvait-on dire avec certitude s'il grimaçait de douleur ou de colère. *Tu t'es bien foutu de ma gueule,* songea Kim en lui jetant un regard brûlant.

— J'ai avec moi une personne qui désire vous parler, reprit le clone.

Deux hommes en rouge amenaient quelqu'un, les poings liés. Quelqu'un qui avait l'air mal en point.

— Papa ! cria David, et son souffle forma un rond de buée sur la vitre.

James marmonna une ou deux phrases à l'oreille d'Andrew, puis il plaça le mégaphone devant la bouche du prisonnier. Celui-ci se racla la gorge avant de hurler :

— Ne vous occupez pas de moi ! Ne…

Un coup de poing dans l'estomac le fit taire. Il se plia en deux, genoux collés sur le bitume. Kim ouvrit la fenêtre.

— Eh ! Qu'est-ce que tu fabriques, gamine ? s'insurgea l'agent Gordon.

Elle ne lui répondit pas. Tous ses sens étaient tournés vers James et son père.

— Ne le touchez pas ! Je vais descendre pour… pour négocier !

— Tu n'es pas en position de négocier, ma chère Kim, rétorqua son ancien prétendant sur un ton plein de morgue.

— Attends de connaître ce que j'ai à te proposer.

Les yeux de James se réduisirent à deux fentes. Il ne savait visiblement plus quoi penser.

— Bon, d'accord, dit-il finalement. Je t'attends en bas. Seule. Et à la moindre entourloupe, on grille la cervelle de ton cher papa, c'est clair ?

— Très clair.

Elle referma la fenêtre.

— Je… Je te l'interdis, bredouilla Geena en agrippant le poignet de sa fille.

— Je dois gagner du temps, expliqua Kim. Je sais que, moi, il m'écoutera.

Mais Geena ne desserrait pas son étreinte, au contraire.

— Maman, si tu ne me laisses pas faire, ils vont tuer papa, martela l'adolescente.

L'étau parut se relâcher.

— C'est notre seule chance, ajouta Kim en mettant dans son ton le plus de conviction possible.

Au fond d'elle-même, pourtant, elle était nettement moins confiante.

— Fais attention à toi, ma chérie. Je t'aime.

— Moi aussi, je t'aime, maman.

Elle embrassa sa mère et son frère.

— On te couvre, ma petite, proclama l'agent Gordon depuis sa fenêtre. Si ça chauffe, tu reviens chez nous ventre à terre.

— Je m'en souviendrai.

8

21 h 13

Kim mit un pied sur le perron. Son cœur battait à plein régime.

James et son père étaient là, une dizaine de mètres plus loin, debout devant la maison qui avait été son foyer durant ces derniers mois. Une brochette d'hommes en rouge se tenaient sur le porche, armés et en position de tir. Les autres étaient postés en amont et en aval de la rue. Ils ne faisaient plus guère d'efforts pour se cacher.

Kim s'avança. *Mettre un pied devant l'autre. Ne penser à rien.* James vint à sa rencontre, au milieu de la chaussée. Andrew demeurait sur le trottoir, sous la garde d'un homme en rouge muni d'un fusil à pompe.

— Je t'écoute, dit le clone de Garland, sans préambule.

— J'ai un marché à te proposer. Tu laisses partir ma famille, tu laisses partir les Huberman… En échange, moi, je reste. Je serai à toi, entièrement.

Le jeune homme esquissa un sourire tordu.

— Qu'est-ce qui te fait croire que je t'accorde autant de valeur ?

— Tu m'as menti sur beaucoup de points, mais il y avait cette petite lueur dans tes yeux quand on était ensemble. Tu avais le béguin pour moi ; ça, j'en mettrais ma main à couper.

Gagner du temps, se répétait Kim. *Gagner du temps !*

— Au final, tu seras à moi de toute façon, que cela te plaise ou non, soupira James. On vous délogera de cette bicoque, tu le sais très bien… Alors pourquoi devrais-je négocier quelque chose qui va m'appartenir quoi qu'il arrive ?

— Parce que, si tu respectes ta part du marché, je saurai me montrer coopérative. C'est toujours mieux que d'obtenir les choses par la force, non ?

— Nous ne manquons pas de moyens pour rendre les gens dociles, dans les sous-sols de la clinique…

D'un geste souple, il dégaina un revolver pour le pointer sur l'adolescente.

— Allez, va rejoindre ton père sans faire d'histoires.

Kim déglutit. *Mais qu'est-ce qu'elle fout la cavalerie, bon sang ?*

Le visage de James se fit sévère.

— Je ne plaisante pas, Kim, dit-il en armant le cran de sûreté.

Budda-budda-budda.

Un bruit sourd. Un halètement rythmé et frénétique. Qui enflait.

Pas trop tôt !

Tous les yeux se levèrent vers le ciel, et des faisceaux de lumière crue explosèrent, aveuglant temporairement ceux qui les regardaient en face !

— Des hélicoptères ! cria une voix anonyme.

Sans hésiter, James ouvrit le feu sur les engins volants. Une ou deux étincelles attestèrent que toutes ses balles n'étaient pas passées à côté de leur cible, mais ce motif de satisfaction fut de courte durée. Un projecteur éblouissant le cloua sur place juste avant que n'éclate une rafale. James fut projeté en arrière alors que des petits geysers de sang entraient en éruption un peu partout sur son corps.

Andrew profita de la stupéfaction générale pour bousculer son garde. Il courut vers sa fille en hurlant :

— Kim ! Mets-toi à l'abri !

Une balle (amie ? ennemie ?) le toucha à la jambe. Il tomba et roula sur l'asphalte. Kim l'agrippa par les aisselles. Grimaçant sous l'effort, elle le traîna derrière une voiture.

— Papa ? Tu ne vas pas t'évanouir, hein ?

Andrew hocha la tête. Il était livide et perdait beaucoup de sang.

— T'inquiète pas, ça va aller, dit-il.

Comme pour lui donner tort, le rétroviseur situé juste au-dessus de leurs têtes fut pulvérisé par une arme de gros calibre.

— Grenade ! cria quelqu'un.

Un éclair, puis une détonation assourdissante. Kim et son père se blottirent l'un contre l'autre, les oreilles sifflantes.

La rue semblait prise de folie. Enveloppés dans un tourbillon qui soulevait l'air comme un cyclone, les hommes en rouge essayaient d'ajuster leur tir tant bien que mal. Une averse de douilles brûlantes rebondissait sur les trottoirs, les maisons, les toits des véhicules. Le bruit était à la limite du supportable. Les habitants qui pointaient le nez hors de chez eux refermaient presque aussitôt leur porte, terrifiés. Les faisceaux lumineux se croisaient. Inquisiteurs, ils fouillaient la nuit à la recherche des hommes en rouge. Dès que l'un d'eux était épinglé par les projecteurs, il ne lui restait plus que quelques dixièmes de seconde à vivre !

Soudain, des cordes tombèrent du ciel. Les rangers, surentraînés, se laissèrent glisser jusqu'au sol en un rien de temps. Il s'ensuivit une rapide échauffourée, pratiquement au corps à corps. Les balles fusaient, criblant de trous les façades des habitations. Kim se bouchait les oreilles pour ne pas entendre le crépitement assourdissant des armes automatiques. Par moments, elle avait l'impression que le trottoir vibrait sous elle.

Deux chaussures entrèrent dans son champ de vision. Elle leva le regard et poussa un petit cri étranglé. James, tout ensanglanté, braquait son revolver sur sa tête.

— Petite garce ! cracha-t-il.

Il n'eut jamais le temps de presser la détente. Pris sous le feu croisé des agents Gordon et Shughart, il exécuta un curieux ballet en tournant sur lui-même, tressautant à chaque nouvel impact. Cette fois, il était bel et bien mort quand il toucha le sol.

Pendant ce temps, la fusillade se poursuivait, mais les tirs devenaient plus sporadiques.

— Je me rends, glapit l'un des hommes en rouge.

Il lâcha son arme et, comme s'il donnait le signal d'une réaction en chaîne, ses collègues l'imitèrent. Ils levaient les mains les uns après les autres.

Kim aperçut une équipe médicale composée de brancardiers et de médecins urgentistes, qui sortaient d'un hélicoptère posé en bout de rue.

Elle se leva et appela :

— Par ici ! Il y a un blessé ici !

9

21 h 29

L'assaut contre la clinique fut donné dans la foulée.

La lumière sanguinolente des couloirs pulsait comme un cœur alors que le mugissement d'une sirène d'alarme allait, venait, rebondissait contre les parois. Des hommes en rouge couraient dans tous les sens. On aurait dit une colonie d'insectes cherchant à échapper à la semelle d'un géant.

La procédure était toujours la même : une grenade flash (aveuglante et, surtout, assez forte pour faire exploser les tympans) suivie d'une grenade fumigène, puis « en avant » !

Les soldats progressaient en binômes parfaitement synchronisés. Les puissantes torches jumelées au canon de leurs fusils-mitrailleurs éventraient les volutes de fumée. Toutes les deux ou trois minutes, il y avait un échange de coups de feu, qui se terminait systématiquement à l'avantage des rangers.

Ils descendirent au sous-sol après avoir neutralisé la grappe de fanatiques qui bloquaient le passage.

Un couloir. Un sas. Une porte.

— Go ! Go !

Grenades. Les deux hommes en rouge qui occupaient la salle choisirent de se rendre sans opposer de résistance.

— Hé, y a quelqu'un là-dedans ! jeta un soldat en montrant deux pieds qui dépassaient d'une sorte de scanner.

On fit sortir Alan Spector de sa machine. Il paraissait éberlué, terrifié, mais en bonne santé.

— Vous êtes qui, vous ? brailla un sergent pas commode.

— Un… Un prisonnier, balbutia Spector. Ils… ils voulaient effacer ma mémoire. Ils voulaient me… Il y a eu cette lumière blanche ; j'ai cru que j'allais perdre tous mes souvenirs, et puis…

— OK, c'est bon.

On le fit asseoir dans un coin. Un soldat équipé d'un médikit se pencha sur lui.

— Comment vous sentez-vous ?

— Bien. J'ai juste du mal à croire que je suis encore en vie… et encore moi-même !

Le militaire lui jeta un regard interdit. Spector fit un geste, l'air de dire « laissez tomber ».

21 h 44

La porte du bureau de Garland était blindée et verrouillée par un code secret. Une petite charge d'explosifs fit voler la serrure en éclats.

Quand la fumée se dissipa, on découvrit deux corps. À en juger par la disposition des cadavres, Bob, le « père » de tous les hommes en rouge, avait tiré une balle dans la tête de son patron avant de retourner l'arme contre lui-même.

Maître et serviteur étaient donc partis ensemble, comme c'était la tradition jadis, au temps des pharaons…

21 h 50

À la surface, quelques habitants particulièrement bien conditionnés par la secte s'insurgèrent contre cette invasion qu'ils qualifièrent de « violation inadmissible de leurs libertés », mais la plupart des gens ne manifestèrent qu'une stupeur hébétée.

Les rangers mirent la main sur Xander. Blessé, le « clone mental » de Garland s'était caché dans une cabane de jardin pour y attendre la fin des hostilités.

— Hum, cela signifie qu'il y a encore un vrai-faux Garland quelque part en liberté, avança Andrew, à qui on avait prodigué les premiers soins sur place, dans la rue.

Sa femme et ses enfants étaient réunis autour de lui, ainsi que Stuart Gordon et Stéphanie Shughart. Il avait chaleureusement serré la main aux deux agents secrets, en les remerciant d'avoir veillé sur sa famille.

— Pourquoi est-ce qu'il y aurait encore un Garland dans les parages ? interrogea la vieille dame.

— Son premier double, c'était Xander. Le deuxième, d'après ce que Kim m'a raconté, c'était James. Il en reste donc un troisième…

— Je parie que c'est le docteur Tinkle, lança David. Je n'ai jamais aimé ce type-là.

— Comment savoir ? soupira Geena.

À cet instant, un peloton de soldats passa devant le trottoir. Ils encadraient une Catherine Kilgore qui avait, pour la circonstance, laissé son sourire « extra-large » au vestiaire. La jeune femme était menottée, et du sang coulait de son cuir chevelu.

— Vous étiez obligés de la frapper? grogna l'agent Gordon.

— On ne l'a pas touchée, répondit un lieutenant. Elle s'est fait ça toute seule. Elle essayait de s'enfuir en voiture et elle est rentrée dans la vitrine d'un magasin !

Il ajouta, en secouant la tête.

— Quel gâchis : une Plymouth Fury 1957 complètement bousillée ! Une vraie bagnole de collection.

Le regard de Kim s'illumina.

— Laissez-moi deviner : la plaque d'immatriculation, c'était pas « GZUSAVS » par hasard ?

Épilogue

UN MOIS PLUS TARD

Des mouettes tournaient en rond dans le ciel bleu azur. Leurs piaillements se mêlaient au bruit des vagues. On distinguait très loin, tout au bout de la jetée, la silhouette d'une immense roue de fête foraine.

Geena et Jason marchaient le long de l'océan Pacifique. Durant l'heure précédente, ils s'étaient recueillis sur la tombe de David, au cimetière de Santa Monica, puis ils avaient pris le petit chemin qui serpentait à travers les dunes.

Kim était chez sa copine Cindy. Elle avait retrouvé ses amis, sa vie d'ado, avec un réel bonheur. Quant à Andrew, il terminait les travaux dans leur nouvelle maison. Il avait laissé tomber son métier de programmateur, et envisageait très sérieusement de se lancer dans l'écriture. Une célèbre maison d'édition lui avait d'ailleurs proposé un contrat en or pour qu'il couche sur le papier les aventures de sa famille.

L'affaire Garland avait fait grand bruit : même un mois après le scandale, les médias continuaient d'en parler fréquemment. Le gouvernement avait nommé une commission d'enquête et donné le feu vert à la création d'un conseil d'éthique chargé d'examiner en profondeur les questions liées au clonage reproductif. Tous les votes du Sénat étaient reportés à une date ultérieure, encore non définie. Après les dramatiques événements survenus à la Nouvelle-Arkham, chacun convenait que l'on manquait de recul pour examiner sereinement ces problèmes. Ne serait-ce que pour le futur procès de Garland-Xander et Garland-Kilgore, des questions inédites se posaient : on allait certes juger ces personnes pour leurs activités au sein de la secte… mais pouvait-on aussi leur imputer les agissements du Garland original, dont elles étaient le prolongement ?

Les agents Gordon et Shughart avaient été décorés par le président en personne. Un film basé sur leurs exploits était déjà en développement à Hollywood. On murmurait que George Clooney et Michelle Pfeiffer allaient incarner les deux « taupes » du FBI pour la coquette somme de trente millions de dollars chacun !

Jason ne put s'empêcher de sourire en repensant à « M. et Mme Huberman ». Cela faisait partie des bons souvenirs qu'il conserverait de la Nouvelle-Arkham. Bien sûr, il y en avait d'autres plus pénibles, plus effrayants, mais il préférait cela à ne pas avoir de souvenirs du tout !

Le petit garçon donna la main à sa mère.

— Parle-moi de lui, dit-il. Parle-moi de David.

Geena sourit à son tour. Son regard s'envola vers l'horizon.

— Déjà tout petit, il ne supportait pas le contact du sable sec. Il se frottait les mains jusqu'à se débarrasser du dernier grain… Il avait peur de l'eau, mais il pouvait passer des heures à regarder l'océan. Quand je l'embrassais, je sentais le goût du sel sur sa peau.

Elle réfléchit. On pouvait presque voir les images qui défilaient dans sa tête alors qu'elle poursuivait :

— Dès qu'il y avait du vent, on sortait les cerfs-volants. Son préféré, c'était celui du Bouffon vert. Il disait que le Bouffon vert allait attaquer sa sœur : il le faisait tomber en piqué sur Kim pour le redresser au dernier moment ! Et il aimait courir sur la plage avec son père. Ils criaient comme des fous tous les deux pour faire s'envoler les oiseaux. Et David riait, il riait… Il avait un rire magnifique… C'était mon petit garçon, et maintenant il est mort.

Deux larmes commencèrent à couler sur ses joues avant d'être emportées par le vent.

— Il va falloir qu'on apprenne à vivre avec ça. Heureusement, tu es là, Jason. Et puis il y a Kim, et papa…

Jason serra plus fort la main de sa mère.

— Rentrons, si tu veux bien, dit-elle.

— D'accord, maman.

Ils repartirent vers les dunes alors que, dans leur dos, les vagues de l'océan venaient lécher la plage.

L'homme marchait sur une route sans fin, perdue au milieu des champs de blé et de maïs. Les plants, presque aussi hauts qu'un adulte, frémissaient sous la caresse de la brise. Le ciel était lourd, chargé de menaces. Sa couleur, quasiment violette, tranchait avec le jaune vif des champs.

L'homme sifflotait. Il pouvait s'estimer heureux. Un mois plus tôt, les rangers avaient fait irruption dans la salle à la toute fin du transfert mnémonique. Cela s'était joué à trente secondes près. Un sourire s'esquissa. Il commençait à s'habituer au corps de Spector. Celui-ci manquait un peu de souffle (il fumait trop), mais, ce problème mis de côté, c'était un réceptacle relativement sain, vigoureux. Fonctionnel, quoi. Ses cheveux avaient poussé. Tant mieux : il avait toujours adoré passer la main dans sa longue crinière de fauve. Il arborait à présent une barbe très fournie. Il se sentait bien dans sa (nouvelle) peau. Ses bottes de cow-boy martelaient le goudron. Il avançait d'un pas régulier : sans hâte mais sans traîner. Il avait franchi la frontière de l'Utah la veille. Cet État très conservateur regorgeait de mormons et d'une multitude d'autres petites communautés religieuses (amishs, fondamentalistes…).

Si avec tout ça je ne trouve pas mon bonheur…

La silhouette d'une bourgade se précisait. Une dizaine de pâtés de maisons, pas plus.

L'homme pressa le pas. Il dépassa un silo et une grange à la peinture écaillée. Quelques minutes plus tard, il s'arrêta devant un panneau qui proclamait « Red City – 845 habitants », puis en caractères plus petits : « Honore ton Dieu, travaille dur et protège ta famille. »

— Hééé́é, je sens que je vais me plaire, ici, fit Garland.

Postface

Sectes, mode d'emploi

Quand la réalité rattrape la (science-) fiction

J'ai écrit les derniers mots de cette histoire (enfin, de son premier jet) le 23 décembre 2002. Quatre jours plus tard, la biochimiste Brigitte Boisselier, évêque du Mouvement raélien, annonçait publiquement qu'un enfant cloné, fruit des recherches de sa société, Clonaid, venait de naître. Info ou intox ? Comme dans mon histoire, les dirigeants de Clonaid se proposent d'aider entre autres les « familles ayant perdu un ou des membres de parenté » (moyennant deux cent mille euros).

J'espère que les jeunes (et les moins jeunes), après la lecture de ce roman, seront plus à même de se forger un point de vue sur cet épineux problème.

Je précise que les passages de propagande raciste (quatrième partie, chapitre 7) ne viennent pas de discours raéliens, mais de l'abondante correspondance de Howard Phillips Lovecraft (*H.P. Lovecraft, le roman de sa vie*, de Lyon Sprague De Camp, éditions Durante). Eh oui, je n'ai pas choisi le nom de Nouvelle-Arkham par hasard. Lovecraft démontre à merveille le paradoxe suivant : on peut être un homme intelligent doublé d'un artiste talentueux, un visionnaire… et se tromper dans les grandes largeurs sur certaines questions !

Le bouleversant *Parents en deuil* de Daniel Oppenheim (éditions Érès) m'a aidé à me glisser dans la peau de personnages traversant cette épreuve terrifiante, surtout dans les premiers chapitres.

Certains lecteurs verront peut-être un clin d'œil au roman *Le Fléau,* de Stephen King, dans les dernières lignes de l'épilogue. Ils auront raison !

Un ouvrage m'a été particulièrement utile pour mettre au point les méthodes d'endoctrinement de la Nouvelle-Arkham : *La Mécanique de sectes,* de Jean-Marie Abgrall (éditions Payot), que je vous recommande chaudement. Citons aussi *Le Langage des sectes,* de Laeticia Schlesser-Gamelin (éditions J'ai Lu).

J'ai retenu de ces lectures les « recettes » qui suivent :

• La phase de séduction (première partie, chapitre 3)

L'agent recruteur de la secte pose des questions pour cerner les besoins de l'adepte potentiel, et il réajuste constamment ses propos en fonction de ceux de son interlocuteur. Il doit séduire, rassurer (importance du look). Fin psychologue, il joue sur un registre plus émotionnel que logique. Si l'on regarde les choses à froid, on réalise vite que « clonage » et « résurrection » sont deux notions très différentes. Mais imaginez-vous dans la peau d'un parent endeuillé… En mettant en avant l'affectif, comme le fait le professeur Chemerka, on peut aisément installer la confusion. Le discours, biaisé cela va de soi, n'a qu'un seul objectif : la mystification, c'est-à-dire le passage sans heurts du réel au chimérique (« Oui, votre fils est mort, mais il peut revenir… »). À l'instar de certains hommes politiques extrémistes, le recruteur offre des « réponses simples à des problèmes compliqués ». Le tour de passe-passe consiste à faire croire à la cible qu'elle est maître du jeu alors qu'elle a déjà mis le doigt dans l'engrenage (« La décision est entre vos mains », dit Chemerka à l'issue de son petit numéro).

On peut lire dans le manuel de recrutement de l'Association pour l'unification du christianisme mondial :

> « Il faut impressionner les gens par notre calme, notre sûreté, notre concentration. Pour émouvoir les autres, nous devons nous émouvoir nous-mêmes [...]. Donnez à votre visage, particulièrement au regard et à la bouche, une expression qui fasse impression. Nous savons bien que nous sommes supérieurs aux autres, mais nous devons garder une attitude humble. »

• Le processus d'assimilation (deuxième partie)

Tout nouvel adepte est soumis à ce qu'on appelle le *love bombing* ou « bombardement d'amour » (« Nous aimons David et nous vous aimons », dit Garland, ou encore, « Je lui offre l'affection de toute une communauté... »). La secte se présente comme une nouvelle famille, plus compréhensive que le corps social classique, qui restait sourd aux aspirations des recrutés. Jean-Marie Abgrall écrit : « Le nouveau recruté est accueilli et flatté devant tous. Il a l'illusion d'avoir été attendu. Le rituel d'initiation, où règne un climat d'entraide, répond à cette stratégie. Le nouvel arrivant doit acquérir le sentiment qu'il participe d'une énergie collective. »

Les hauts gradés de l'Ordre du temple solaire avaient bien compris l'intérêt des rituels assortis d'effets spéciaux. Ces derniers donnaient corps au surnaturel, et permettaient d'asseoir une supériorité « divine ». « L'atmosphère pouvait être complètement dense, comparable à mille fois le brouillard », raconte un ancien disciple. Dans le même ordre d'idées, l'usage de la musique (notamment des fréquences basses) peut s'avérer très efficace.

La phase suivante est l'endoctrinement à proprement parler. S'il existe des méthodes de conditionnement visibles (lavage de cerveau, conversions forcées, persuasion coercitive, etc.), il y en a aussi d'autres beaucoup plus insidieuses...

• La (re-)programmation (quatrième partie)

Elle sera d'autant plus facile que le besoin d'imitation du sujet-adepte sera fort. L'homme est-il conformiste par nature ? Pas forcément, mais comment ne pas avoir envie de se couler dans un moule accueillant lorsqu'on sort d'une période de crise ? Dans mon histoire, c'est le personnage de Geena, la mère, qui fait les frais de cette « contagion sociale ».

Quelles sont les astuces employées par la secte ?

— L'isolement géographique : on coupe les ponts avec la famille, les amis. La secte divise pour mieux régner. De cette façon, les « autres » seront plus aisément diabolisés. La réduction des échanges avec la société extérieure (considérée comme malade) brouille les repères. De plus, le culte du secret fortifie la cohésion (« L'esprit chevaleresque s'acquiert avec discrétion » ; « Aucun enregistrement sonore ou audiovisuel ne doit s'effectuer sans accord formel des instances de l'Ordre » : articles 23 et 29 de l'Ordre du temple solaire).

— La création d'un néo-langage (à noter que les non-scientologues sont appelés les « wogs » par les adeptes de Ron Hubbard) : il est compris par les seuls initiés, et renforce le sentiment d'appartenance à un groupe, à une tribu.

— L'enseignement : il est représenté sous forme d'ateliers (*workshop,* en anglais) dans mon histoire, mais les sectes utilisent tous les supports d'information (conférences, enseignement par correspondance, textes écrits, supports audiovisuels...). Comme l'écrit J.-M. Abgrall : « La permanence et la constance des thèmes enseignés a pour conséquence la pérennité du conditionnement. » Les ateliers aident à asseoir de manière plus ou moins frontale l'idéologie (voir chapitre suivant).

— L'hypnose : elle suscite des effets divers chez la victime (catalepsie, régression, distorsion du temps, hallucinations), qui en font un instrument de manipulation idéal. Qui plus est, elle favorise l'instauration d'un climat

« magique ». Le but visé, selon Karl Abraham (auteur de *Développement de la libido ; études cliniques,* aux éditions Payot), est toujours le même : affaiblir le sens critique et fortifier la foi aveugle.

— Les régimes (l'instinctothérapie…) et autres règles d'hygiène sont une intrusion de plus dans le domaine de l'intime, une emprise supplémentaire. Au sein de l'Ordre du temple solaire, la nourriture était présentée comme le « support privilégié de la modification énergétique ».

— La mégavitaminothérapie : elle fait notamment partie du processus de « purification » recommandé par les scientologues. La surconsommation de vitamine D et de calcium peut entraîner une baisse de vigilance, voire des signes de confusion mentale, phénomènes aisément exploitables dans un contexte sectaire.

— En dernier recours, la coercition, la peur des représailles : les punitions infligées dans ma ville imaginaire sont extrêmes, mais il en existe d'autres (blâmes, mise à l'index, séances de rééducation, confessions publiques, pénitences, etc.). À noter que les châtiments corporels sont monnaie courante.

• L'idéologie

Chaque secte a son « marché » ; les publicitaires parleraient de « cœur de cible ».

La création d'une élite (destinée à accomplir une mission du type « accueillir les extraterrestres », « sauver le monde », etc.) est un thème récurrent. Il était tentant d'imaginer que des individus manipulant les gènes s'approprient un tel créneau. Et qui dit élite dit complexe de supériorité… génétique, encore une fois, puisque telle est la spécificité de la Nouvelle-Arkham. Pour véhiculer le discours xénophobe de ma secte, j'ai imaginé qu'elle procéderait (comme pour la confusion « résurrection-clonage ») par glissement dialectique : « Regardez comme tout va bien chez nous, comme tout est harmonieux », sous-entendu « Qu'est-ce qui ne va pas chez les autres ? »

Citons Laeticia Schlesser-Gamelin : « C'est la dénonciation de ceux qui ne sont pas comme nous qui fait de nous un groupe, et un groupe qui a du sens. » Il n'y a d'ailleurs pas que les sectes qui usent et abusent de ce procédé ; certains partis politiques en ont fait leur fonds de commerce depuis longtemps…

Quand l'idéologie est très discutable et (ou) le recruté a priori réfractaire, le mode de contamination adopte des voies souterraines, des « canaux périphériques » les moins rationnels possible. Excepté dans les ateliers réservés aux membres déjà assujettis, on ne dira pas les choses clairement. Le message passera à travers une ambiance, des détails, des émotions. James transgresse cette règle en jouant cartes sur table trop vite, ce qui provoque le rejet de Kimberley, sa cible.

Le vernis conservateur une fois effrité, les « méchants » de mon histoire sont donc ouvertement racistes. Ce n'est pas le cas de Raël et de ses évêques… ce qui ne les empêche pas de prôner une autre forme de discrimination : la « géniocratie », un monde « merveilleux » où ne voteraient que les gens dotés qu'un quotient intellectuel suffisamment élevé. Seulement voilà, comment mesurer scientifiquement l'intelligence ? Et puis, intelligence n'est pas toujours synonyme de bon sens (voir l'exemple de Lovecraft, précédemment cité).

Vous l'aurez compris, je me range dans le camp des « environnementalistes », et l'idée que l'on puisse juger des gens « supérieurs » ou « inférieurs » par leur seul capital génétique (un « délit de sales gènes », quoi !) me donne froid dans le dos.

En résumé, ce ne sont pas nos capacités qui font de nous ce que nous sommes, mais plutôt la manière dont nous les utilisons.

Portez-vous bien, soyez vigilants et lisez de bons livres…

Christophe Lambert
Le 20 janvier 2003

Table des matières

L'auteur : Christophe LAMBERT

Christophe Lambert est né en 1969 en région parisienne. Il a suivi des études de cinéma, réalisé plusieurs courts métrages, travaillé pour la télévision (M6) et dirigé des ateliers vidéo dans les collèges. Il vit actuellement de sa plume.

Il débute en 1996 avec Sitcom en péril, *un polar pour la jeunesse plein d'humour se passant dans les milieux de la télévision, qu'il connaît bien. Dès son premier roman de science-fiction dont l'action a pour cadre un bagne orbital,* La Nuit des mutants *(1997), il obtient le prix Ozone.* Meurtres à 30 000 km/s *(1998), situé entre* Alien *et* Les Dix Petits Nègres, *confirme le goût de l'auteur pour les angoissants huis clos spatiaux. Christophe Lambert a aussi écrit* Les Chroniques d'Arkhadie *(2001/2003), une trilogie de* space opera *en hommage à* Star Wars *qu'il découvrit, ébloui, à l'âge de dix ans. Avec* Titanic 2012 *(1999) et* Les Étoiles meurent aussi *(2000), parus hors jeunesse, il démontre qu'il n'a pas l'intention de se limiter à une tranche d'âge.*

Christophe Lambert est un habitué de la collection « Autres Mondes ». Côté nouvelles, il est au sommaire de l'anthologie Graines de futurs *(2000) avec* Fly Me to The Moon, *un récit très intimiste de voyage dans l'espace, et de l'anthologie* Demain la Terre *avec* La Compagnie de l'Air, *un texte qui dénonce les risques d'une société où les besoins vitaux de l'homme sont soumis aux lois du marché. Côté romans, il a écrit* Le Souffle de Mars *(2001), un suspense martien implacable dans la lignée des films de John Carpenter,* Clone connexion *(2002), un thriller futuriste qui se penche sur le clonage... social et* Souviens-toi d'Alamo ! *(2002), un savoureux mélange de western, de roman historique et de voyage dans le temps.*

L'illustrateur : Philippe MUNCH

Né à Colmar en 1959, Philippe Munch vit actuellement à Strasbourg. Il a toujours été passionné par le dessin et la lecture, ce qui l'a naturellement amené à la bande dessinée (premières réalisations en 1966 !). Après des débuts professionnels dans la BD, il se tourne vers l'illustration en 1984. Les plus grands éditeurs l'accueilleront : Gallimard, Casterman, Nathan, Hachette Jeunesse, Albin Michel, etc.

C'est dans le domaine de l'illustration qu'il peut renouer avec la SF et la fantasy, *ses domaines de prédilection. C'est ainsi qu'il a illustré* Le Seigneur des Anneaux *de Tolkien (Gallimard),* Les Aventures de Kerri et Megane *de Kim Aldany (Nathan),* Le Maître de Juventa *de Robert Belfiore (Hachette Jeunesse),* La Louve et l'Enfant *d'Henri Loevenbruck (Bragelonne) et, surtout,* Rougemuraille *de Brian Jacques (Mango), dont les somptueuses couvertures ont largement contribué au succès de la série.*

Avec Manchu, il est l'illustrateur attitré de la collection « Autres Mondes ». Ses récentes couvertures des deux anthologies Les Visages de l'humain *(d'après Léonard de Vinci) et* Demain la Terre *ont été très remarquées. Il a aussi illustré* Sa Majesté des clones *de Jean-Pierre Hubert et les romans d'Éric Simard (*Les Chimères de la mort *et* L'Oracle d'Égypte*).*

« Mais si l'espace me fascine, précise Philippe Munch, je n'en reste pas moins passionné par une planète particulière, la Terre, que j'essaie de découvrir au fil de nombreux voyages faits en compagnie de ma compagne et de mon fils. »

Et de conclure : « Je suis également très bon au babyfoot. Surtout à l'arrière. »

AUTRES MONDES

Collection dirigée par Denis Guiot
Pour tout lecteur, dès onze ans

Une exploration passionnante de
l'imaginaire de science-fiction :
réalités virtuelles et truquées, planètes lointaines,
rencontres avec des extraterrestres,
mondes parallèles de la *fantasy*,
voyages dans le temps, sociétés futures, *Homo futuris*…

Une invitation à l'aventure, au rêve et à la réflexion
pour les jeunes du troisième millénaire.

« Un des partis pris de cette nouvelle collection de Mango intitulée Autres Mondes *et dirigée par Denis Guiot, parfait connaisseur de la science-fiction jeunesse, est de stimuler autant l'imagination que la réflexion. »*
Frédérique Roussel, Libération.

TITRES DÉJÀ PARUS

1. GRAINES DE FUTURS

Anthologie dirigée par Denis Guiot, préface d'Albert Jacquard

Clones acteurs de cinéma, éoliennes flottant dans la haute atmosphère, logiciels sentimentaux, maisons tueuses, bananes qui vaccinent, nanorobots fantômes, retour de l'homme sur la Lune...
À l'aube du IIIe millénaire, l'éventail des futurs possibles engendrés par l'accélération de la connaissance scientifique donne le vertige et a inspiré les sept nouvelles inédites réunies dans cette anthologie.
Sept graines de futurs plantées par les meilleurs écrivains de science-fiction pour la jeunesse : Ange, Robert Belfiore, Christian Grenier, Alain Grousset, Jean-Pierre Hubert, Christophe Lambert, Danielle Martinigol et Joëlle Wintrebert.

« Composée d'abord pour la jeunesse, brillamment préfacée par Albert Jacquard, cette anthologie fait partie des livres à la lecture desquels on se sent devenir plus intelligent. »

François Rahier, *Sud-Ouest Dimanche*

2. LES CENDRES DE LIGNA

par Jean-Pierre Hubert

Dans la profondeur des forêts de la planète Ligna se cache un arbre aux pouvoirs mystérieux qui excite bien des convoitises : le ginnka. Jusqu'à présent, Maître Harvinn et ses apprentis Jona et Rick ont exploité ses richesses tout en respectant la planète et ses habitants, les Cendreux, des êtres étranges mi-humanoïdes, mi-végétaux, pour qui le ginnka est un arbre sacré. Mais d'autres colons, plus soucieux de rentabilité, décident d'utiliser une monstrueuse machine robotisée, le mégabull. Le ginnka se transforme alors en un redoutable adversaire.

« Les Cendres de Ligna *est un planète opéra développant une thématique écologique de façon très intelligente et avec une grâce d'écriture peu commune, qui bénéficie de surcroît d'une superbe couverture de Manchu.* »

Jacques Baudou, *Le Monde*

3. L'ŒIL DES DIEUX

par Ange

(PRIX ADOS RENNES/ILLE-ET-VILAINE 2001-2002, PRIX J'AI LU, J'ELIS 2001 des Ados de la Ville d'Angers, PRIX PLAISIRS DE LIRE 2002 [Catégorie 6e-5e] du département de l'Yonne, PRIX DU CLUB DES LECTEURS ARDEP/Ile-de-France 2001-2002)

Ils ont entre neuf et quatorze ans et sont divisés en bandes rivales : les Loups, les Ours et les Crazes. Ils sont vingt-neuf exactement qui vivent depuis toujours dans la Bulle, un lieu étrange et hermétiquement clos qui leur dispense nourriture et énergie.
Depuis que les robots qui s'occupaient d'eux se sont immobilisés à jamais, ils passent leur temps à se faire la guerre, sous la conduite de Mina pour les uns et de Jeff pour les autres. Mais un jour, les distributeurs de nourriture s'arrêtent de fonctionner et la Bulle protectrice se métamorphose en un piège mortel.

« L'Œil des dieux *est une robinsonnade en forme de réflexion sur les mythes et la naissance des religions, qui dose adroitement suspense et drame.* »

Stéphane Manfredo, *La Revue des livres pour enfants*

4. LE SOUFFLE DE MARS

par Christophe Lambert

Mars, année 2121. La colonisation a commencé. Le jeune Keith David fait partie d'une petite équipe qui effectue des relevés scientifiques du côté de Chasma Borealis, la plus grande vallée glaciaire du pôle Nord. Mais la navette qui doit venir les reprendre s'écrase à l'atterrissage. De plus, *Bradbury Town*, la base principale, ne répond plus. Après un périple épuisant à travers les déserts de la planète rouge, Keith et ses amis rejoignent la base, où l'horreur les attend…
Un suspense martien implacable, par l'auteur de *Titanic 2012*.

« Non seulement l'auteur a construit un récit qui tient en haleine, mais il y a greffé mille références aux grands maîtres de la science-fiction. »

Françoise Harrois-Monin, *Ciel et Espace*

5. LES ABÎMES D'AUTREMER

par Danielle Martinigol

(GRAND PRIX DE L'IMAGINAIRE 2002,
PRIX E. LECLERC DU ROMAN JEUNESSE 2002
du Salon Jeunesse de Rueil-Malmaison,
PRIX CHRONOS 2003 [Catégorie 4e-3e],
PRIX ALIZÉ des collégiens de Vienne)

Sandiane a 16 ans. Elle est l'assistante de son père, grand reporter. Tous deux traquent le scoop à travers tout le cosmos. Ils décident d'aller sur la farouche planète-océan Autremer afin de percer le secret des Abîmes, ces astronefs mythiques qui en seraient originaires. Mais là, Sandiane et son père se retrouvent en butte à l'hostilité des habitants, et tout particulièrement à celle du jeune Mel et de son oncle, guides-pilotes de safaris sous-marins. Quel redoutable secret dissimulent les eaux de la planète Autremer ? Lorsque Sandiane découvrira l'incroyable vérité, osera-t-elle la diffuser dans toute la galaxie, au risque de détruire la civilisation autremerienne ? Après *Les Oubliés de Vulcain*, un nouveau grand roman écologique et romantique de Danielle Martinigol.

« Dans Les Abîmes d'Autremer, *[Danielle Martinigol] ébauche une réflexion qui n'est pas manichéenne sur le pouvoir médiatique, ses vertiges et ses excès ; mais surtout elle imagine une très belle relation symbiotique entre les humains et une espèce extraterrestre habitant la planète-océan Autremer, espèce capable de sillonner des mers de nature très différente... Et elle enrobe le tout en relatant l'itinéraire d'une jeune fille de seize ans un peu trop sûre d'elle qui, en tentant de percer un secret, va tout bonnement changer sa vie. »*

Jacques Baudou, *Le Monde*

6. SQUATTEUR DE RÊVE !

par Dany Jeury

Victime d'un grave accident de skate, Thibaut est depuis une semaine dans le coma. Bardé de tuyaux de toutes sortes et de fils électriques reliés à un ordinateur, allongé sur son lit d'hôpital, il rêve... de ses potes et de Plotte, son amie de cœur. Bien malgré lui, Paulin, un jeune punk aux cheveux rouges qui travaille dans la clinique, est projeté dans l'univers intérieur de Thibaut et se retrouve en train de squatter le rêve du skateur ! D'insolite au départ, la situation se transforme en un dramatique chassé-croisé entre rêve et réalité. Car la mort rôde dans le coma de Thibaut.

« [...] Pour ceux qui aiment rêver et squatter les rêves des autres, ce premier roman à l'écriture simple et d'une grande fraîcheur sera un vrai bonheur. »

Martine Lavogez, *www.noosfere.org*

7. LES VISAGES DE L'HUMAIN

Anthologie dirigée par Denis Guiot,
préface d'Axel Kahn
(PRIX BOB MORANE 2002 DE LA NOUVELLE
à *Journal d'un clone* de Gudule)

Manipulations génétiques, conditionnement neurobiologique, clonage et cyborgs redessinent de manière accélérée les frontières de l'humain. Que sera l'homme de demain ? À sa sortie de la « grande fabrique du vivant », appartiendra-t-il toujours à l'espèce *Homo sapiens* ? Conservera-t-il toujours son libre arbitre ? Pour répondre à ces questions de plus en plus pressantes, *Les Visages de l'humain* réunit au sommaire Jean-Pierre Andrevon, Fabrice Colin, Christian Grenier, Gudule, Jean-Pierre Hubert et Éric Simard. Six nouvelles décapantes pour faire le tour de l'*Homo futuris* !

« Soyons francs : qui aurait soupçonné qu'une anthologie estampillée « jeunesse » puisse un jour faire date, même de façon relative, dans l'histoire du genre en France ? [...] Il y a du miracle là-dedans. On s'en rend compte d'ailleurs tout de suite : même la couverture est splendide, c'est dire ! »

Bruno della Chiesa, *Galaxies*

8. LES CHIMÈRES DE LA MORT

par Éric Simard
(PRIX COMME DANS UN LIVRE 2003
des ados de Questembert)

Fin du XXIe siècle. Les colons luniens se sont révoltés contre la domination de la Confédération terrienne. Emmenées sur la face cachée de la Lune par le lieutenant Sorg Lancray, les Chimères de la Mort (des créatures animales mi-gorille, mi-tigre) prennent part au conflit. De retour dans la demeure familiale, un fort au large de Saint-Malo, Sorg découvre que son frère, généticien pour la Confédération et qu'il n'avait plus vu depuis des années, lui a légué à sa mort le fruit de ses recherches interdites, Onyx, une chimère d'un nouveau genre, mi-humaine, mi-féline. Dans quel but ?
Biologiste de formation, Éric Simard aborde le sulfureux problème du croisement entre espèces.

« Éric Simard aborde ici le problème de la manipulation génétique, sans oublier de bâtir une histoire solide avec des personnages attachants et le suspense nécessaire pour que le lecteur ait envie d'avoir le fin mot de l'histoire. »

A.L. Dometoff, *Lanfeust Mag*

9. LES ENFANTS DE LA LUNE

par Fabrice Colin

(18e Grand Prix des Jeunes Lecteurs organisé par la PEEP)

Décembre 1942. Paris occupé gémit sous la botte nazie. Deux jours avant Noël, le jeune Adrien reçoit un étrange appel au secours, destiné en fait à son grand-père… mort il y a plus de dix ans ! « Aux temps maudits de l'Exode, vous avez aidé notre peuple. Une fois encore, et sur les recommandations de notre reine, nous faisons appel à vous. » Signé : Leydamoon du peuple Annwyn. Adrien se lance alors dans une dramatique course contre la montre pour sauver les derniers Annwyns pourchassés par les Siths, d'abominables créatures de la nuit qui se sont associées aux nazis. Hélas, tous les passages permettant à Leydamoon et à son peuple de quitter notre univers se sont refermés. Tous… sauf un.
Une *fantasy* urbaine aux accents poétiques, ancrée dans une époque douloureuse de l'histoire contemporaine.

« Fabrice Colin est un enchanteur, ses romans et ses nouvelles provoquent un sentiment jubilatoire d'émerveillement… Faudrait-il en faire la démonstration que Les Enfants de la Lune*, sa première incursion dans la littérature jeunesse, serait tout indiqué. »*

Jacques Baudou, *Le Monde*

10. CLONE CONNEXION

par Christophe Lambert

L'Internet est mort, vive l'Intersphère ! Enveloppant la Terre, ce champ de forces invisible contient des milliards de données. Mais pour y accéder, il faut passer par des êtres humains appelés « connecteurs », capables de surfer sur cet océan d'informations grâce à leurs facultés psychiques.
C'est parce qu'il possède de tels pouvoirs que le jeune Frédéric Lorca est engagé par la Com. Amalgam, l'entreprise à l'origine de ce Web du futur. Peu après, Frédéric apprend qu'une terrible menace se cache dans l'Intersphère. Il décide de mener l'enquête. Finira-t-il par découvrir l'effrayante vérité ? Et lui-même, qui est-il réellement ?

« Prenant, mais pas seulement. Ce roman musclé pose, mine de rien, toutes sortes de questions sur notre société et notre envie de vouloir ressembler aux autres. »

Pierrette Rieublandou, *Okapi*

11. LES REBELLES DE GANDAHAR

par Jean-Pierre Andrevon

Venant de la Terre mythique, la belle Athna a débarqué sur Tridan. Depuis, plus rien n'est comme avant dans le paisible royaume de Gandahar. En effet, l'Envoyée de la Terre a décidé, avec l'aide de ses inquiétants animators, de faire connaître aux habitants du royaume les « délices » de l'ère industrielle. Même le chevalier Sylvin semble envoûté ! Heureusement, la douce Airelle à la peau bleue se rebelle.
Jean-Pierre Andrevon revient à son univers de prédilection, le monde fascinant de Gandahar, porté en 1987 à l'écran par René Laloux, sur des dessins de Caza

« Les Rebelles de Gandahar est l'un des plus beaux romans pour enfants que j'aie eu l'occasion de lire. Un des plus beaux tout court. [...] Sur une histoire simple et agréable à lire, l'auteur fait un bouleversant plaidoyer pour la vie et la nature. »*

Lucie Chenu, *Science-Fiction Magazine*

12. SA MAJESTE DES CLONES

par Jean-Pierre Hubert

Poursuivie par les redoutables Arachnos, une navette de sauvetage ayant à son bord une vingtaine d'enfants terriens s'écrase sur une planète sauvage, en bordure d'un lagon. Rapidement, ces vacances forcées tournent au cauchemar : la planète recèle mille dangers, les enfants découvrent une mystérieuse épave arachnos capable de fabriquer du vivant et, surtout, des rivalités apparaissent qui vont faire craquer le vernis de civilisation.
Un hommage audacieux au fameux roman de William Golding, *Sa Majesté des mouches*.

« Mêlant aventure, science-fiction et réflexion éthique, dans un environnement cruel et violent, aussi bien intérieur qu'extérieur, Jean-Pierre Hubert captive par la simplicité de sa narration et par l'inéluctabilité de son histoire. »

A.L. Dometoff, *Lanfeust Mag*

13. PROJET OXATAN

par Fabrice Colin

(PRIX GAYANT LECTURE 2003 du Salon du livre de Douai)

Phyllis, Jester, Diana et Arthur, quatre adolescents orphelins, vivent depuis toujours au fond d'un cratère martien terraformé tapissé d'une jungle luxuriante où se cacheraient des ogres. Sous la garde de MG, leur gouvernante un peu folle, ils sont reclus dans une grande maison qu'ils ont baptisée le « Bunker », entourée d'un marécage infesté d'alligators. Qui sont ces enfants ? D'où viennent-ils ?
En quoi consiste le projet oXatan ?
Un oppressant conte de fées du futur, mêlant manipulations génétiques et peurs ancestrales.

« Le style choisi par Fabrice Colin donne au récit toute sa force car il livre les informations petit à petit ; les sentiments, les craintes sont ressentis en même temps par les enfants et par le lecteur. À partir du roman se pose une réflexion sur les manipulations génétiques et sur la folie des hommes [...] À lire absolument. »

Roselyne Malavieille, *www.livrjeun.tm.fr*

14. SOUVIENS-TOI D'ALAMO !

par Christophe Lambert

Aspirée par une tempête magnétique, une patrouille de bombardiers de la Seconde Guerre mondiale commandée par le capitaine Franck Taylor atterrit le 18 février 1836 à Alamo, peu de temps avant le siège du fort par les troupes mexicaines du général Santa Anna. Taylor et ses coéquipiers vont-ils aider Davy Crockett et les assiégés, et prendre le risque de changer le cours de l'Histoire ?
Un surprenant western SF !

« Christophe Lambert (rien à voir avec le comédien), en passe de devenir un maître de la SF jeunesse, signe là un roman d'aventures historiques palpitant et très documenté. »

Any-Claude Preszburger, *Epok*

15. KAENA, LA PROPHÉTIE
par Pierre Bordage

Axis, le monde-arbre est en danger de mort car sa sève s'épuise. En vain, les dieux sont implorés. Kaena, une jeune fille déterminée, va braver les tabous de sa tribu et se lancer dans un périlleux voyage, jusqu'aux racines d'Axis.
Pierre Bordage novélisant le premier film européen en images de synthèse : un événement dans la collection Autres Mondes !

« Comme la majorité des autres titres de la collection Autres Mondes, Kaena est un excellent livre pour la jeunesse. Destiné à des enfants de 13-14 ans, ce roman se dévore plus qu'il ne se lit. »

Claire Bauchat, *www.actusf.com*

16. ALLERS SIMPLES POUR LE FUTUR
par Christian Grenier

En six nouvelles passionnantes, le monde de demain vu par Christian Grenier : réalité virtuelle, conquête de l'espace, environnement, manipulations génétiques. Préface thématique, commentaires de l'auteur après chaque nouvelle et bio-bliographie complètent ce recueil, conçu comme un coup de chapeau à « Monsieur Science-Fiction Jeunesse ».

" On retrouve avec plaisir le talent de bâtisseurs d'histoires de Christian Grenier, très à l'aise dans ce genre où se mêlent rythme de l'intrigue, imagination dans la mise en place des situations et incitation à la réflexion sur notre avenir "

Françoise Ballanger, *La Revue des Livres pour enfants*

17. DEMAIN LA TERRE
Anthologie dirigée par Denis Guiot
Préface de Joël de Rosnay

Par égoïsme, inconscience, obsession du profit, l'homme n'est-il pas en train de détruire sa planète ? Effet de serre, bouleversements climatiques, pollutions de l'eau, de la terre, de l'air et du vivant : la Terre est en danger de mort. Pour sauver notre planète, le compte à rebours est commencé ! Cinq nouvelles percutantes signées Jean-

Pierre Andrevon, Jean-Pierre Hubert, Christophe Lambert et Danielle Martinigol.

« Un outil de sensibilisation essentiel à l'usage de toutes les générations »
Vincent Bocquet, *Lire au collège*

18. L'ORACLE D'ÉGYPTE
par Éric Simard

Fin du XXIe siècle. Des généticiens ont réussi à créer des chimères à l'image des dieux égyptiens. Mais arrivées sur les lieux de l'Ancienne Thèbes, les chimères échappent à leurs créateurs et sèment la terreur. Un surprenant roman plein de suspense qui même manipulations génétiques et les dieux de l'Ancienne Egypte

« L'Oracle d'Egypte *se dévore, au sein d'une collection qui continue sa route dans la qualité d'ensemble. »*
Laurent Greusard, *www.mauvaisgenres.com*

19. MISSION BRUME
par Christian Léourier

Héros de l'Union, le glorieux Fergus est porté disparu sur la planète Brume. À la tête d'un commando, sa fille part à sa recherche. Mais la planète n'est qu'un vaste marécage recouvert d'un inquiétant brouillard, et les membres de l'expédition disparaissent un à un.
Un grand roman d'aventures exotiques doublé d'une réflexion politique sur le fascisme.

« Léourier crée ici une histoire forte, dotée d'un véritable suspense, servie par une bonne étude psychologique, le tout se déroulant dans un monde singulier et insolite presque onirique. Une excellente réflexion aussi sur la politique, l'exercice du pouvoir et la manière dont on peut installer la relation à l'autre, quel qu'il soit. »
Catherine Gentile, *www.nooSFere.com*

20. CYBERPAN

par Fabrice Colin

Contaminé par un virus contracté sur le *RealWeb*, un jeune garçon se prend pour Peter Pan.
Il kidnappe Wendy et vole jusqu'au Pays de Nulle Part, une île artificielle sur laquelle vit le Capitaine Crochet, un savant fou qui mène des expériences odieuses sur les Enfants Perdus. Une lutte impitoyable s'engage. Entre SF et *fantasy*, une brillante et passionnante relecture de *Peter Pan* !

« Fabrice Colin revisite le mythe de Peter Pan à la mode SF, et l'ensemble fonctionne très bien. La morne réalité confrontée au besoin d'évasion et d'imaginaire, l'aventure teintée de nostalgie, une pointe d'amertume et la difficile mutation de l'enfance, tout est traité en finesse [...] Saluons au passage les efforts d'un éditeur qui cherche, avec ce genre de titre, à faire de la littérature jeunesse de grande qualité. »

A. L. Dometoff, *Lanfeust Mag*

21. PETIT FRÈRE

par Christophe Lambert

Comment résister lorsqu'on vous propose de « ressusciter » par clonage votre fils mort à l'âge de dix ans ?
Un roman d'une brûlante actualité qui dénonce les liens sulfureux entre les sectes et le clonage.

22. DANS LES LARMES DE GAÏA

par Nathalie Le Gendre

La Guerre Ultime a ravagé la planète, qui s'est révoltée et a noyé l'humanité dans un gigantesque océan de larmes. Seule étincelle de vie, une Archebulle flotte, ballottée aux grés des courants. L'abordage d'une terre émergée va permettre à deux adolescents que tout oppose, Natanae et Morphée, de se rencontrer. Tous deux vont découvrir le mystère qui entoure l'Archebulle, braver les interdits et fuir les menaces qui planent sur leurs têtes.
Un hymne farouche à la liberté, des héros profondément attachants, un premier roman palpitant d'émotion à l'écriture haletante, qui n'est pas sans évoquer le fameux *Œil des dieux* d'Ange.

À PARAÎTRE
début 2004

23. LES SONNEURS NOIRS
par Jean-Pierre Hubert

La Technopole d'Holoss a banni la musique, considérant que cet « art égoïste » a contribué à la grande catastrophe qui a failli détruire notre civilisation. Mais le jeune Joz a une passion : fabriquer des instruments de musique et inventer des mélodies. Considéré comme un rebelle, il devra s'exiler avec ses amis.
Préfacé par Gilles Servat, un splendide roman d'apprentissage, où l'amour, la musique et la danse débouchent sur la révolte.

24. E-DEN
par Mikaël Ollivier et Raymond Clarinard

Une nouvelle drogue fait des ravages dans les États-Unis d'Europe : l'E-den, qui envoie ses adeptes dans un univers virtuel partagé d'où on ne revient pas toujours. Afin de sauver la belle Mélanie qui est dans le coma suite à une overdose, Goran (dont le père est agent fédéral des stups) va se lancer dans une dangereuse aventure.
Mêlant réalité virtuelle et drogue, *E-den* est un thriller original et efficace.

Impression réalisée sur CAMERON par

BRODARD & TAUPIN

GROUPE CPI

La Flèche
en octobre 2004

Imprimé en France
N° d'impression : 26714
Dépôt légal : octobre 2004